向光植物

李屏瑤

願我們都成為逐漸完整的自己。

「一部影片上映
投射在過去的夏天
空氣中漂浮著植物的味道
多風的午後」

——〈老夏天〉／雷光夏

目次

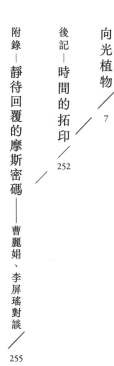

/1

/

在心裡放進一個夏日的午後，那樣的時光不同以往，不管又經過多少年月，今後也難以複製。下午之後，傍晚之前，草地上儲存著整天太陽的餘溫。妳抱著膝蓋坐著，陽光從建築物中間照過來，像是隔著濾鏡看世界，一切都覆蓋著金黃色的光，妳終於看清楚這片橢圓形的草地，原來是操場的中間。

有人在打排球，發出規律的聲響，有人在跑步，拖著淺淺的影子，好奇怪，怎麼都感覺離得好遙遠。然後妳緩緩地向後躺，準確無聲地，如同準備睡眠的小動物，有人把妳柔軟地接住。只要有一個這樣的下午，就足夠之後的夏天都覺得美好。

十六歲，或是十七歲？其實不太重要。

妳們其實沒有擁抱，她只是溫柔地環著妳，在那樣的狀況下，妳們也許都覺得有點尷尬。妳可以聞到她身上的淡淡香味，她的呼吸近得就在妳耳邊。妳有點想要躺下，就這樣在她身邊沉沉睡去，直到世界末日。她讓妳枕在她平坦的腹部，慢慢靠在草地上。妳們躺平在操場中間的草地，看著同一片夏日天空。妳轉頭偷看她，她身邊環繞一圈金黃色的逆光。

然後妳喚，學姐。

當然是學姐，當然要從高中生活開始。在年輕的還沒有受過傷害的心裡深深地挖一個洞，不管會不會痛。接著，妳就需要小心翼翼地放進一個名字，那是妳的時光寶盒，是妳的救命錦囊。只需要這樣一個名字，就像威力強大的召喚咒，跨越陸地，跨越海洋，跨越銀河系，跨越所有可想可見的距離。所有的過去現在未來，都浮現在眼前。

親愛的，為了要靠近一個在妳面前一步遠的人，妳繞整個地球的遠路，去接近她一點點，和直接就向前走一步是不同的。我是繞遠路達人，但是，希望這次我沒有迷路。

「請問找哪位？」公寓門口的白色對講機說。

「學姐，是我。」

/2

學姐，大部分的時間，我都這樣叫她。除了最開始的習慣外，還有一個原因是，叫出她的名字，就像把祕密在陽光下攤開，提到她我會手足無措，會滿臉通紅。對我來說，這是專屬於她的稱號，即使在朝會結束，操場被全校學生占據的時候，如果我喊「學姐」，我相信，她一定會回頭，她會知道是我。

嘴巴噘起來，像是親吻的準備動作，ㄒㄩㄝˊ，然後嘴角上揚，從心底最深處浮起來的微笑，ㄐㄧㄝˇ。我是這樣叫她的。

關於遭逢的迷路，我的狀況常常是，站在十字路口，或是面臨分岔，總是會選到錯誤的那條路，運氣好的話還是會到達目的地，只是要花上好幾倍的時間。我一直是個路痴，方向感不配備，國中的時候只記得福利社的位置，此後不管去學校的哪個角落，都要以福利社定位，來判斷向左向右往上往下。高中開學的第一天我就迷路了。面對新的環境，福利社定位法失效，第二堂課的上課鐘已經敲響，我拿著牛奶跟紅豆麵包，在瞬間空無一人的建築物走廊兜兜轉，就是走不回一年級教室區。從某個轉角處，學姐出場。

有人說當妳遇見那個人，眼前的世界會變成慢速播放，每一個鏡頭都可以停格分析。就我的案例來說，是快轉。上一秒看見她的裙襬搖搖，下一秒她就在眼前。可能是早晨九點的光線太迷濛，可能是她穿白衣黑裙實在太好看，她是自備柔焦的發光體，足以掩蓋周遭的所有黑暗。總之我閃了個神，她就出現在伸手可及的距離。

「學姐。」我叫住她。她拿著巧克力牛奶，一派悠哉，完全不理會已經上課十分鐘。立刻開口問路的我，應該看起來很慌張。學姐笑了起來，笑法像是丟小石頭到湖面那樣輕輕散開，她辨認出我的班級和學號，把巧克力牛奶換到左手，用空出來的右手牽住我。

「我帶妳去吧。」學姐說。她的手上還有握過冰飲的溫度，那瞬間我想到冰淇淋，一種甜美的聯想。這是我們第一次見面，僅有的兩句對白。沒錯，初次見面我們就牽手了。後來我不禁想，如果我的戀愛運可以一直維持這種進度該有多好。

學姐走路的速度算快還是慢，其實我不確定，所有的注意力都在被牽著的左手，當時我覺得自己像是風箏，左手是線，其餘的身體只要隨之飛翔。到達班級外的走廊她才放開手，好像我們早已熟識，她平常地說再見，再橫跨大半個校園回去高二教室。我溜進教室坐下，不理會某些同學的注目禮，把自己安放在座位，左手還留著學姐手指的溫度，想起她的側面，卻想不起頭髮的大概長度，還有，最重要的，我不知道她的班級學號姓名。

「學姐！」我在心裡懊悔地大叫。

/3

/

妳記得妳高中的座號嗎？我記得，我是17號，學姐是23號，我一直喜歡質數。

高中生活的第一個星期，照座號就座，兩人一桌，於是我旁邊的人就是18號，不是16，也不是19，因為17接著是18，就像一加一等於二，所以我連帶記得小旻是18號，從最開始，她就坐在我右手邊。如果要我回憶高一教室的窗景，首先浮現出來的會是小旻的鼻子弧度，接著長出眉眼，長出她獨有的微笑，等這些都歷歷在目了，教室外的大樹枝葉才會被喚醒，猛力生長至記憶應有的高度。

想像把一副有我們面目的牌打散，重新分配號碼，或者亂數選擇，如果我們對應到不同的數字，也許就會長成其他的故事，也許更好，也許更壞，也許我們就會失去所有交集。命運洗過幾次牌，我們每日經歷無數的選擇與岔路，而我們現在站在這裡，立足獨一無二的時間點，無從迴轉，無法更改。

女校有自己的潛規則，例如說學姐學妹制。開學第一週的各堂休息時間，不時有高二或高三學姐在走廊呼喚，被點名的人出來領取點心飲料，打招呼，認親戚，送紙條。我的第一週毫無收穫，倒是分到小旻直屬學姐送來的餅乾，後來才知道，我的上一屆學姐在高一下就休學了，更上一屆的屬於比較冷淡的類型，不出面認領學妹。其實沒有太大關係，在上高中的第一個月，我就一頭栽進排球練習裡，連帶認識不少學姐，也和一起打球的同學相處愉快，沖淡了沒有直屬學姐的失落感。

校內場地有限，十來個班級必須爭奪僅有的兩個排球場，加上新生盃舉辦在即，除了放學後的練習時間外，大家也會趁一大清早學校還沒開門前溜進去占場，天還沒亮，在公車站等著搭首班公車到學校，是常有的事。

這天我負責帶排球，當然也有卡在樹上、藏在司令臺後面等等招數，但是帶在身上始終是最保險的一招。穿著整套制服，我把球袋跟書包斜背著。如同往常，我踩著旁邊的矮牆，左腳用力一蹬，準備翻進校門，可能是昨晚下過雨的緣故，腳下一滑，力道沒用對，下一秒我就精準地跨坐在校門上，像是跳箱失敗的選手。幸好時間太早，沒有人車路過，教官不會出現，我只需要摸摸鼻子趕快爬下去就好。

「早安。」在校門的內側有人說，我低頭看，是學姐。

「學姐早安。」有點驚嚇，我還是有禮貌地回覆。

「妳今天也迷路了嗎？」

「對啊，所以想說站高一點看得比較清楚。」

在清晨的光線裡，學姐手上還抱著一顆排球，有點不搭。

「把書包跟球丟給我吧，妳比較好下來。」在我遲疑的片刻，她又說：「或者妳跳，我會接住妳。」

我選擇了前者，花了點時間回到地面，沿著林蔭走到球場。

「學姐也打排球嗎？」

「偶爾，我同學生病，今天來代班教妳們。可能我太早到了，在球場等得好無聊，走出來就看到妳卡在校門上。」

「妳是我們班的學姐！」

「我上次沒跟妳說嗎？」學姐說：「另外，有一件事要注意。」

「是什麼？」我問。

「以後早起出門打球，先換體育短褲比較好。」

「哦，這樣比較方便爬牆吧！」

「是的。還有，妳的內褲花色很可愛。」

/4

/

直到高一那年我才明白什麼叫視線，而視線是有溫度的。

妳可以試試看，在辦公室、在咖啡店、在銀行、在任何地方，盯著一個人的後腦勺看。由於要放一點感情比較有張力，所以建議妳選個感興趣的對象，盯著她，大概在髮漩中心的地方，如果對方夠敏感就會察覺，會像是被輕輕地叮了一下。

高一上換過幾次座位，那些連號都被分開了，在亂數抽籤中，我跟小旻各自飄散到教室的不同角落，但是不管在哪裡，即使我已經把自己收納進空間的邊緣，在課堂板書的空隙，在旁若無人的自習課，或是在十分鐘的雜沓休息裡，我依然不斷感覺到小旻的目光，那是一條持續的視線，安安靜靜地，卻跨越身後那些奮筆疾書的肩膀，筆直的指向我。

我一向不想跟人太親近。避開太多的親暱，就可以避開隨之而來的傷害，一個人之所以會被傷害，是因為妳允許對方傷害妳。我曾經這麼認為。而我對小旻這個人是有點好感的，當時我尚學不會辨認友情與愛情的模糊地帶，更別說性向認同。我只是下意識地想逃避，於是我開始婉拒隨之而來的小點心和關心。避不開的除了視線，還有那些源源不絕經由手心傳遞過來的小紙條。

這不太公平對吧。有的人用盡所有力氣，卻像是童話故事裡的北風，那些力氣都用錯方向。有的人，一出現就是對的。

在早晨的碰面後，學姐偶爾會出現在球場，而新生盃開始了。八強之後的比賽總是擠滿觀眾，加油聲此起彼落，上場之前我總是焦慮，想避開各種目光，又下意識地想要在人群裡尋找什麼。忽然間我感覺到視線，一抬頭就跟學姐四目交接，她站在二樓走廊往下看，當眼神對上，我感覺到自己的慌亂，力氣一瞬間從指尖被抽乾，學姐沒有轉移目光，她的眉眼彎出好看的弧度，她微笑。像是心裡的深處被戳了一下。哨聲響起，我猛然回頭，裁判鐵青著臉瞪著我，我趕緊站定發球位置。

球賽的後半場我受傷了，撲出去救球又沒有意識到著地的力道，緊急換人下場。下場後才發現，不僅手肘擦傷，膝蓋也開始滲血。比賽還剩最後幾分鐘，我想撐到最後，等結束再去上藥，學姐從人群中走向我，帶著摩西分開紅海的氣勢。

「現在。」她說，「我跟妳去。」

學姐把我的手放上她的肩膀，她的手放在我腰側，這時我偷偷測量，她的確比我高一點點。她扶著我穿越操場，一路抵達遙遠的保健室，我們的身體互相依靠，像是兩人三腳的姿勢，步伐間她的頭髮偶爾飛到我臉上，好癢。我知道有人在看著我們離開，那裡面包含小旻，我們逐漸遠離的那個世界有各種喧鬧，有愉快有刺激，但我不想回頭看。

「謝謝。」坐在保健室的高腳椅上，我對學姐說。

「會痛嗎？」學姐作勢要拍打包紮好的傷口。

「會會會！」

「那下次就小心一點啊，沒看過妳這種拚命的打法。」

學姐伸出手，摸摸我的頭，溫暖的觸感讓我有點想哭。

「謝謝學姐。」

「可以了，妳不要一直說謝謝。」學姐在我旁邊的椅子坐下，沒有說話。

保健室的阿姨處理好傷口就離開了，留下開得很大聲的電臺節目。學姐跟我坐在一高一低的兩張椅子上，我想起最近困擾我的幾項問題，關於人與人的距離，關於女生跟女生之間應有的距離。我分神看到鏡子裡的自己與學姐，她的長髮，與我的凌亂的馬尾。我轉過頭可以看見她的耳朵，非常小巧細緻的耳朵，白裡透紅。

然後她輕輕握住我的右手食指。

「妳不要亂動。」學姐加重力道，「給傷口一點吸收藥效的時間。」

/5

這世界上只有兩種人，一種是喜歡女生的人，一種是不喜歡女生的人。有一些問題很簡單，有一些很困難，有一些答案口說無憑，有一些只需要身體力行。只是當時，我實在太年輕，而且愚蠢。

後來幾星期我都沒有見到學姐，並非出自故意，但好像也不太意外，我心裡似乎明白，學姐要我去找她，這一回合輪到我。那天的球賽最後還是輸了，狂熱的練球時期似乎也告一段落，傷口的疤已經結痂又剝離，淡得快看不出來了。只剩下右手的食指，好像還留著被握過的觸感，那讓我覺得溫暖，並且覺得被重擊。

然後冬天就快來了。

冬天來臨之前，制服換季之前，阿青跟我說她交了女朋友，是班上同學，她提起的時候萬分自然，彷彿這從來不是個禁忌。阿青是4號，練球讓我們變得熟識，只是她的對象不是3號，而是坐在正後方的6號，可能整天看著後腦勺，有助於提升好感度。

那天午餐時間，我跟阿青抱著便當坐在禮堂外面的樓梯。

「妳是我們這一國的嗎？」阿青問。

「為什麼這樣問？」

「看起來不像，但我感覺妳是。」

「到底要怎麼分辨？」我問。

「我也不會說，畢竟我也剛入行。」阿青做出一個跳水的動作。

「是頭髮長度嗎？」

「不完全是。」阿青從頭到腳仔細打量我，然後搖搖頭，「是一種感覺，如果妳長出了偵測系統，就會看見有些人不太一樣。所以，妳是我們這一國的嗎？」

這個疑問在最近的日子，我已經反覆想過千百次。對我來說，問題比較偏向：要不要去喜歡一個人？因為喜歡上一個人就表示，妳把自己毫無保留地放上可以被攻擊的位置，會產生弱點，被愛當然很好，但是我不想被傷害。

「這個問題很難。」我說，「妳是怎麼知道答案的？」

「遇到了就知道了。」

「一定要短髮才能……入行嗎？」

「妳有喜歡的人了吧。」阿青放下便當，瞇起眼看著我。

我同樣無法回答，因為這是我一直避免往下想的，於是我想起學姐的臉，她的眼睛，她的耳朵，她坐在我身邊的整個下午。

「不回答就是有！是誰？」

「我問妳喔，妳是什麼時候覺得自己喜歡上6號的？」

「欸，是我問妳問題，怎麼變成妳問我。」阿青拿起筷子指著我，夾帶飯粒攻擊。

「妳回答我一下嘛，這個讓我覺得很困擾。」

「吼！」

「拜託妳說說看嘛，我請妳喝飲料！」

「我也不太會說，就是一種，隨時隨地都想看到她的感覺啊，但是如果她真的在，就又會緊張，超級無敵緊張，覺得她怎麼聞起來這麼香，在她面前智商就下降了一半吧。想跟她一起等公車，一起走回家，回家之後，又想跟她講話，真的打過去，又一直在講廢話，隨時隨地都想看到對方，大概是這樣。」

「真好，原來這就是戀愛啊。」我摸著下巴斜眼看她。

「好啦好啦，」阿青擺擺手，「所以妳喜歡的人是誰啊？」

阿青的手機響了，是簡訊聲，6號今天請病假沒來學校，所以我才能擁有跟阿青一起吃午餐的特權。這陣子班上有手機的人數暴增，小紙條的流動數量好像一併減退了，隨之而來的是上課時間可以偶爾聽見的簡訊聲，像我這種還沒有自己手機的人已經屬於少數。阿青看著簡訊微笑，低頭專心回傳。

「我去買飲料，其他的下次告訴妳。」我說。

我走去福利社，買了一罐阿青喜歡的純喫茶綠茶，還有一瓶巧克力牛奶，這兩瓶飲料，回想起來，大概是我入行的束脩。

因為世界太尖銳。所以我們小心翼翼，舉步維艱。

我站在高二教室外的走廊，往裡頭看，每個人都在埋頭吃便當，學姐坐在走廊窗邊的位置，我走過去，像打出摩斯密碼，敲敲玻璃。學姐把窗戶打開，出現十公分左右縫隙的時候，我把巧克力牛奶遞進去。

「妳先吃飯，我晚點再來。」我說。

學姐笑了，把窗戶一口氣推開，她問我吃飯沒，我說吃過了，她把便當蓋上。

「那我們去走一走。」她從窗戶俐落地鑽出來。

走到轉角的時候，她突然停下腳步。

「妳走路好慢。」她偏著頭看我，「快要打鐘了。」然後用右手牽著我的手，拉著我往前走。

「學姐，妳很習慣牽別人的手走路嗎？」

為了消除尷尬，人們總是會說出沒重點的話。不過話一出口我就後悔了，我的聲音抖得厲害，不用摸也知道自己的臉在發燙。

「說真的，本來很不行。我很討厭碰到別人的身體，但是這種事，妳知道的，需要練習，熟能生巧。」學姐說。

「這樣啊。」我低著頭繼續往前走，盯著學姐的白色帆布鞋跟我的白球鞋，我們走到一樓。

「不過，跟喜歡的人牽手，很舒服。」

「喜歡？」這兩個字就脫口而出了。

「對，喜歡喔。妳讓我想到一個人，不過妳比較可愛。」學姐捏捏我的手，這時候我覺得自己像是正在被遛的小動物。

「學姐，妳家有養狗嗎？」

「沒有欸，不過我一直想養。」

我在心裡回答，汪汪。

午休的鐘聲響起，我們還走在操場邊，糾察隊跟教官都要出動了。我想說的話始終哽著，新資訊是，知道學姐喜歡狗。有時候我覺得自己的人生好像被詛咒，就像那天的散步路線一樣，始終在外圍遊蕩。

「那，要回教室了嗎？」我問。

「那，可以不回教室嗎？」學姐說。

她指指活動中心，在教官還沒有出動前，我們大步跑上階梯，直奔頂樓。

打開安全門，學姐熟練地找出磚頭卡住門片，頂樓是一片寬廣的混凝土空地，散落一些課桌椅、枯黃的盆栽，還有消氣的排球。挪開廢棄的桌椅，圍出一個簡易的洞穴，我跟學姐並肩而坐。即使從頂樓的安全門看進來，也只能看見被風吹日曬太久而褪色的書桌，看不見逃避午休的學生。

學姐說，她早就想這樣做了，每次午休總是睡不著。
我說，我也是，我都在聽音樂打發時間。

中午很安靜，整間學校都陷入漫長的酣眠。學姐低聲地說話，談最近看過的書，上次我寫給她的紙條，每個說出來的字，都讓空氣輕輕地振動，振動的聲波如同空氣子彈，一一打中我的胸口。我沒辦法直視她的眼睛，只好低頭看向我們並坐著的腿，她的黑裙子，我的黑裙子，被燙得筆直尖銳的摺痕，如同一個女生與另一個女生之間，一百道等待跨越的界線。

然後學姐說，我想要問妳一個問題，妳可以不回答。

是的，總是這樣的開頭。

「妳喜歡女生嗎？」

17

妳是什麼時候發現自己喜歡上女生的呢？妳可以在三秒鐘內說出一個確切的年紀嗎？那麼，我們回到問題的本身。

「妳喜歡女生嗎？」

如果用0表示不喜歡，10表示喜歡，那我想我現在的狀態是12。在高一的時候，面對學姐的當下，至少也有7，但是話語哽在喉嚨。像是某次重大的期末考試，有個瞬間妳明明知道答案是B，還是寫下C，拿到成績妳就知道，那個分數來自妳寫錯的C。因為犯過錯誤，才會被牢牢記住。總之，我說不出口。我把這句話丟回去，像一種傳球練習。

「妳喜歡女生嗎？」我問。

「喜歡喔。」學姐說，「就算整個世界都反對，也會不顧一切的那種喜歡。」

「就算全世界都反對也無效的喜歡啊。」我小小聲地重複一遍。

「只是很可惜，世界的力量很強大。希望世界可以趕快變好，或者是我們要趕快變強大。」

「我們？」

「對啊，我們。不管妳喜不喜歡女生，妳都會站在我這邊吧！」

「對。」我用力點頭。

「頭髮，好像綁起來也不錯。」學姐的手拂過我的脖子，讓我覺得有點癢。

「是嗎？」我下意識地想把頭髮紮起，然後她握住我正打算綁頭髮的手，我的眼睛剛好對上學姐的眼睛，她微笑，「長髮可愛，但是短髮應該會很帥。」

我有點坐立難安，想移動位置，反而靠得更近，在某個瞬間，我只要往前一公分，就可以碰觸到她，光是這個念頭的出現，就讓我更不安。

「我想到一個辦法，讓妳確定自己喜不喜歡女生。」學姐說。

「是什麼？」

「親我一下。」

「為什麼？」

「這是輔導老師說的喔，她說，在女校裡可能會有假性的性傾向，但那只是一時的，除非妳真的很想要跟對方有更進一步的接觸，不然就都是同儕壓力。所以，只要親我，一切的問題都解決了，我願意擔任試驗品！」

「學姐，我不想為了實驗奪走妳的初吻啦。」

「沒關係的，我的初吻已經不在了。」

「什麼！」我幾乎是大叫出來，她很緊張地摀住我的嘴巴，擔心被教官發現。

「噓！小聲一點，被抓到會記警告。」說完這句話她放開手。午休結束的鐘聲響起。

「好，下次再繼續。」接著她看都不看我，逕自往安全門的方向走去。

後來學姐才跟我說，光是剛剛的這場對話，就已經耗盡她所有的力氣，更別提後來勇敢的一親，當時的她只覺得腿軟，想自然地退場。

「學姐！」過了好幾秒我才回神，站起來喊住那個背影。

「嗯？」她站在幾公尺外，很慢地轉身。

我們中間隔著大量的桌椅，還有一些缺乏照顧的舊盆栽，場景像是站在戰壕裡對話。

「我還不確定我喜不喜歡女生，但是我覺得我喜歡妳。」

「只有覺得不行喔，要不顧一切的那種。」她再次轉過身，沒有回頭，筆直往前走。

我終於交出考卷，寫的卻是不完全正確的答案。好幾年後，我們都上了大學，我在一場小型表演中，聽到某個創作女歌手的一首歌，她唱：「就算全世界與我為敵，我還是要愛你。」即使被包夾在滿滿的人群中，我還是沒辦法抑制住想哭的念頭，逆著聽眾走出門口，蹲在店前的紅色地磚上哭，這是我尋找多年的解答，在那個夜晚迎面撞上。

後來女歌手出了專輯，封面是她站在清澈的海水中，開心燦笑。我去唱片行買了兩張，一張留著自己聽，一張投遞至學姐的系學會。那個時候我們偶爾遇到，但是並不親吻，並不擁抱，並不牽手，並不交談，甚至並不看見。我們避開彼此的視線，宛如陌生人，我們屢屢擦身而過，目光投射到遙遠的彼方，彼方即使一片荒蕪，我們仍奮力前行。

/8

/

當妳喜歡上一個人，妳希望自己跟對方是相像的，還是相對的呢？

所謂伴侶的組成，配偶的組成，到底應該是相像還是相對的？

妳覺得這個問題有正確答案嗎？

冬天接近，我開始把紮著的馬尾放下來，走路的時候長髮飄動，讓我覺得自己跟學姐有了共同點。我們頻繁地見面，傳遞紙條，送家政課餅乾，一起午餐。大部分的時間她必須直接回家，陪她等車是我們之間的慣例，常常等過一班又一班。

學姐沒有參加任何補習班，我也還不需要開始為了考大學奮戰，生活中最大的煩惱，應該是聯絡上的困難，手機才剛剛開始出現在生活，尚是相對遙遠的奢侈品。在短短的十分鐘下課裡，偶爾我們在尋找對方的路上失之交臂，在對方教室撲空，回到自己教室，徒留桌上的紙條。

我幾乎沒有時間關心阿青或6號或小旻，或是身邊的任何人，學姐是這個校園、這個宇宙的唯一真理，我繞著她團團轉。這大概已經是愛情，至少在那個年歲。

因為心思被某個人占據，這樣的離心力，會讓妳看不清楚世界，看不清楚前方的路，或者說是，盲目。

每週四下午，我們班跟學姐班會有相同的體育課，有時候老師放水，讓大家自由活動，分組打球，有時候我跟學姐會一起開溜，躲在司令臺的後方，天南地北地瞎聊，在下課前五分鐘再藏進某個小組，通常是並肩而坐，我想不到該如何更靠近。為什麼在年輕的時候，總會有那麼多話好說呢？

像是某種特殊的舞步，我和學姐維持住某種友好親暱的距離，卻不過度靠近。我們之間有隱形的網，進退不得，像是某種說好不能笑的遊戲，對看著，卻不能浮出笑意，先有所舉動的人，就是輸家。

「欸，妳今天晚上有事嗎？」學姐問。

當時我們坐在司令臺後面，學姐雙手抱住膝蓋，轉頭問我。

「沒有啊。」

「那陪我吃飯。」她說這句話的同時，頭輕輕在我肩膀靠了一下。

「好啊，妳今天不用趕著回家？」

「不用，門禁取消一次。」

「妳想吃什麼？」

「麥當勞！大麥克套餐，薯條可樂都加大！」

「放學後校門口見？」我開始想最近的麥當勞在哪裡。

「可以拜託妳去買嗎？我放學後有點事，弄好跟妳在頂樓會合。」

「唉，好啦。」

「妳最好了。」說完這句話，學姐整個人斜靠在我身上，我不敢動，非常沒用。

當我提著一大包食物抵達頂樓，已經接近六點。十一月的天空全面漆黑，推開安全門，走過層層疊疊的桌椅盆栽，學姐已經清出一塊空地，中央鋪上格紋布，野餐的氣氛。

「先把東西放下啊。」她對著愣在一旁的我說，然後招招手，要我過去坐下。她打開格紋布中間的盒子，那是個圓形的小蛋糕，她點上蠟燭。

「祝妳生日快樂！」學姐說，「就算全世界都忘記，我也會記得的。」

「可是我生日是明天啊！」

「有人規定不能偷跑嗎？我要當第一個跟妳說生日快樂的人。別囉嗦，許願！吹蠟燭！」

我的腦筋一片空白，太多東西湧上來，手足無措中我吹熄了蠟燭。我家過生日的方式是去餐廳吃飯，會特別點切片蛋糕作為慶祝。這是我記憶中第一個圓形的生日蛋糕。

遠方的大樓裡尚有燈，操場的照明也亮著，在蠟燭熄滅的瞬間，眼前就陷入伸手不見五指的黑暗，徒留視覺中殘留的亮點。黑暗中我碰到學姐的手，她的手捧著蛋糕，有點冰，我感覺她靠近，她淺淺的呼吸，以出生至今累積起來的所有幸運作為賭注，先是碰觸到她的臉頰，接著找到嘴唇，輕輕地靠近，害怕一碰就會碎裂，於是我們接吻了。當時我沒有注意到的是，她那千分之一秒的遲疑。

有時候人全力向目標衝刺，會遺落一些微小但重要的細節，當時也許沒有察覺，但那可能是關鍵所在，儘管只是一句話，一段空白，一個微不足道的動作，都足以扭轉局勢，轉向截然不同的方向。

/9

/

小莫回來了。她是我消失大半個學期的直屬學姐，是我們從未見過卻久仰大名的人物，如果妳讀過女校妳就知道，關於中性女孩的魅力極大值。小莫是她們那一屆的傳奇，整座校園的偶像，女校歷史中的不朽王者。她像是從少女漫畫裡翻模而出，目光清澈有神，笑容明朗，手指細長，運動短褲下的小腿潔白精實如大理石，每次出場，都自動搭配一圈金黃色的逆光。只要她上場打球，場邊必擠滿啦啦隊為她鼓譟加油。

聽說她生了場大病，於是久久缺席，病痛的傳言很多，有人說是憂鬱，有人說是感情，所有的謠言都不忘提及小莫的俊美迷人。當某天早上有人在校門口附近的早餐店看見她，再自然不過地點了起司蛋餅和中杯冰紅茶，口耳相傳加上幾張紙條，謠言瞬間燃燒所有班級，有要去招呼關心的，也有學妹如我們想去一探究竟。

阿青興奮非常，她一向是我們這屆的消息集中站，校內知名的學姐動態都可以在她那裡找到答案，某班的誰疑似和某班的某某走得很近，某日的社團教室看見誰和誰慌張地走出來，這類型的各種小道消息、不負責任八卦，阿青皆清楚不過。

為了親見傳說本尊，阿青一直慫恿我去認直屬學姐，明明到學姐班是再熟悉不過的路線，今天的我卻怎麼也不想靠近。直到中午，我寧願拿著便當跟阿青、6號併桌吃飯，也不願去找學姐。奇怪的是，學姐今天也沒有出現。我寫好紙條想拿過去，卻賭氣一樣地往活動中心頂樓走。距離上次在這裡慶生，已經有半個月，後來一切如常，沒有告白，沒有詢問或解釋，學姐也是，如同做了一場夢，睡醒後就當從沒發生。

十一月底的現在，即使是中午都有點寒意，我連外套都沒帶就離開教室，直奔活動中心頂樓。站在屋頂更感覺季節變遷，帶著隨身聽跟筆記本，我趴在圍牆上，無聊地看底下在走路或跑動的人們，排球被擊中發出「咚」的鈍重聲響，即使在頂樓還是清晰可辨。我盯著那些白衣黑裙，或者白衣藍褲，企圖從中找出學姐的身影，就這樣來回搜尋過幾輪，查無此人。我決定走回教室，還沒有適應樓梯間的黑暗，我走得緩慢，沒走幾階我就聽到學姐的說話聲，聲音往上靠近。她不是一個人，她還在跟某個人交談，對方的聲音低沉好聽，重點是，兩個人的聲音裡有股濃得化不開的什麼，是我跟學姐尚沒有到達的親暱依賴。

我下意識轉身往回走，躲在安全門後，等她們並肩經過，我便奪門而出，在午休時刻跑過空無一人的校園，直奔保健室。我不想知道那是誰，我不想知道她們去那裡做什麼，我以為那是我跟學姐的祕密基地，看來並不完全如此。我對護士阿姨說我頭痛，在保健室的病床躺過下午第一二節課。這天是星期四，於是我一併錯過了跟學姐班一起的體育課。

第三節課我回到教室，小旻走過來，問我還好嗎。我說好多了，她遞給我一張紙條，「小莫學姐剛剛來過，看見妳不在，請我轉交。」一貫坐在窗邊的小旻，紙條點心分流站。

「學妹好，我是妳直屬學姐，很抱歉讓妳度過沒有學姐照顧的日子，不過聽說小游常常來找妳，希望妳沒有太寂寞。改天再請妳吃點心。」

紙條尾端有簽名，還畫著笑臉。我敢打賭一定有人願意用飲料或其他什麼來換這張紙條。裡面提到的游，指的是學姐。我曾經以為專屬於我的，學姐。小莫與小游，聽起來多麼協調美好。

我的腦袋裡轟轟作響，太多東西攪成一團。鐘聲已經敲響，來不及離開這裡，我趴在桌上，眼淚幾乎要湧出，如同喪家之犬，我真心地想在哪個沒人注意的角落縮成一團，想著再兩個小時就放學，想著我的最快脫逃路線。

/10

這世界是個隱喻。

當時流行抓娃娃機，同樣風行的還有各式各樣的大頭貼機器。高一的某次段考結束後，我和阿青等人去逛夜市，換上便服恣意吃喝，轉進某條不起眼的支巷，眼前是銅牆鐵壁般成排的抓娃娃機，角落擺放投籃機，當眾人從投籃機ＰＫ過幾輪回來之後，我已經用光了身上所有的零錢，和所有鈔票換出的零錢，為了一隻一直抓不到的藍色小鹿斑比。

旁邊還有別的機臺，有堆得尖尖的球形豬仔、有不知名的粉紅兔子，輕輕一碰就會滾落的各種布偶，但是我站在充滿彩色小鹿的機臺前，不斷重複投幣、調整、抓取的動作，殺紅雙眼，徒勞無功。阿青她們開口安慰我，我才大夢初醒，垂頭喪氣地跟著大家前往下個地點。

我不知道是哪裡來的偏執，但是我真的非常想要那隻藍色的鹿，不是彩色鹿群裡的任一隻，只要那隻藍色的。它可以放在我的床前、可以放在抽屜、可以掛在學姐的書包上，像一種隱隱的聯繫。當我終於口袋空空地離開，有一個短髮帥氣的女孩走到機臺前，我停下腳步回頭，看她拿出十元硬幣，投幣、調整、抓取，藍色小鹿就應聲掉落，一氣呵成，全不費力氣。我知道她也許經歷多次的練習，也許繳過鉅額的款項來換取這項技能，但是我無法不在意。

人有極限，可能在這個階段遇到的困難，等到下個階段回頭來看就會覺得不算什麼，但是那是下個階段的事，已經破關看透之後的事。在卡關的當下，妳看見的世界的全貌就是如此，一件小小的事情，一個當下覺得獨一無二的人，就是妳世界的中心，小宇宙的全部。

在我的高一生涯前半，學姐就是全部。很可惜的是，在我前面的那個人是小莫。如果從學校的走廊上任意抓人隨機詢問，不管是二選一，或是二十選一，小莫一定是所有人的答案，連我自己都會倒向小莫那邊。

漫長的十二月，每天每天度日如年，出門前我告訴自己，今天一下子就過完了，把一天的科目名稱在心裡跑過一輪，把最糟糕的狀況在心裡排練一遍，做一種行前推演，讓心臟承受力更強，這是我默默進行的極限訓練。而實際生活又是另一回事，小莫的存在感太過強烈，雖然常常我第一眼看見的是學姐，但是光看見她們兩人出現的畫面，就讓我覺得傷害。後來的體育課我常常稱病，在保健室睡過一堂又一堂，醒來又是一天的結束。

這次的體育課有小考，躲不掉，之前的缺課已經被老師警告過，我只得出現，阿青很有義氣地陪我考排球傳球，順利過關。小考結束後我坐在跑道邊緣，看學姐班分組比賽，阿青對我招手，想找人一起打比賽，我走過去。

「學妹，可以一起打嗎？」我跟阿青回頭，是小莫。

我們還來不及回答，場內的人已經滿口說好。

「欸，我不太舒服，想去保健室一下。」我立刻想逃走。

「就打一場嘛，妳今天如果早退，被老師知道的話不太好。」阿青拉著我說。

我站到球場後排，最遠離對方的位置，我告訴自己，一咬牙就過了。太久沒有碰到球，一時抓不太到比賽的節奏，幾個發球過後，我漸漸找回與隊友並肩作戰的感覺。比數持續拉鋸，輪到小莫發球的時候，場邊的加油聲明顯增強，加上她使出我們大多數人都不擅長的上手發球，更是吸引目光。

比數一度追平，發球權換到我們這邊，我發球。

「加油！」場邊有人小聲說，我認出那是小旻的聲音。

球安全地發出去，不具備什麼攻擊性，幸好有過網。安全，並且不具攻擊性，這大概也可以作為我此階段人生的隱喻。一來一往，比賽進行到最末，學姐班獲得最後勝利。

下課前值日生必須收集排球，送回體育教室，我跟小旻是當天值日生，數來數去就是少一顆，想到有次小莫發的球被接飛，好像沒人撿回來。球有可能越過矮牆，飛到泳池那端，我跟小旻分頭尋找。我繞到建築入口，推開門，冬日的泳池水還沒有放掉，水面上浮著一層薄薄的樹葉，失落的排球安然漂浮在池水正中間，離邊緣最少也有兩三公尺的距離。我正想著有沒有搆到球的任何一種方法，學姐從對面更衣室的方向走出來。

「好久不見。」她說，好像也找不到其他的話說。

「小莫呢？」我下意識看向她身後。

「還在打球啊。」她手上拿著呼拉圈，「不知道有沒有辦法用這個圈住，然後勾回來吼？」

「又不是夜市在套圈圈。」我回答。

「欸妳笑了。」

「我笑很奇怪嗎？」

「最近遇到妳，妳都臭臉啊。」學姐講話的口氣一如往常，跟小莫沒回來之前一樣，然後她拿著呼拉圈在池邊比畫。

「妳真的以為妳在套圈圈喔！」我走遠一些，跟學姐隔著整座泳池，這樣的距離讓我覺得比較安全。「我用浮板丟球，看球會不會漂近一點，妳再用呼拉圈勾呢？」

「所以妳是要打水漂嗎？」學姐說。

「都試試看吧！」

大約五分鐘後，我們伸手所及的所有浮板和呼拉圈都在水面上漂浮，像是泳池派對一般的歡樂，球還是默默地在中央區塊漂著。

「老闆騙人啦！都套不中啊！」學姐蹲在池邊說，活像個醉漢。

「快上課了，妳先回去，我會去跟老師說少一顆球。」

「我下去撿好了。」學姐把球鞋跟襪子俐落地脫掉。
「不要啦，今天很冷欸！」
「我最討厭這種已經盡全力，但是徒勞無功的感覺，我不想以後想到今天，就會覺得有一點後悔。」學姐光著腳，說話的同時已經在做暖身運動。
那個瞬間我也不知道腦子裡一閃而過的是什麼。大概是她的話，觸動了我的某個開關，下一秒我就跳進泳池，配備有整套體育服裝、運動鞋、以及襪子。
把球丟回岸上，我小心地游回來，說真的我連自由式的換氣都沒學會，只能狼狽地抱著浮板打水，一邊收集散落在附近的幾個呼拉圈。
「我圈中了欸，這個我要。」學姐把我拉上岸邊，指著我說。
「妳才不要。」忙著把滴水的衣服擰得乾一點，我賭氣回答。
「妳最近怎麼都不來找我？」

「是妳沒來找我。」全身濕淋淋，我不斷發抖，連說話都有抖音。

「我覺得妳好像在生氣啊，不敢去。」學姐搓暖兩手，把手放到我臉頰上。

「我不知道啦，不知道妳在幹嘛，不知道妳在想什麼。」我閃避她的手，坐在地上，開始擰褲子。

「是不是因為小莫？」過了好一陣子，學姐說。

我沒有回答，我不想知道任何事。

「我之前就一直想跟妳說小莫的事情，可是真的要說，就又不知道該怎麼說。」

「妳跟小莫是不是一對？」我悶悶地問。

「我們已經分開了。」

「所以她就是妳初吻的對象？」

學姐沒有回答。

「妳先去沖熱水澡，我去教室幫妳拿乾的衣服來換，很快就回來。」學姐推推我，站起來準備往外走。

「可不可以重新開始？」我輕輕拉住她的褲腳。

「誰跟誰重新開始？」她慢慢地轉身面向我。

「我們。」

她蹲下來，以一個非常靠近的姿態，拿下我瀏海邊緣、還有馬尾裡夾帶的葉子，她看著我的眼睛，看向某種類似靈魂深處的地方，接著緩緩地伸出右手。

「妳好，我姓游。」

「游小姐妳好，我不諳水性。」我握住她的手。

很多年後我看到新聞報導，知道有種新產品，可以在密閉的玻璃球中建造場域，讓生物在裡面達到生態平衡，不生不滅不垢不淨地遺世獨立生存下去。不知道為什麼，我想到那年冬天的泳池，只是在真實世界，時間軸會繼續移動。

大約淋了五分鐘的熱水，我的身體才漸漸回溫，泳池更衣室沒有別人。學姐等在淋浴間外，輕輕地哼歌。我把水量調小，想聽她唱的是什麼。只要一段旋律就可以分辨——〈沒有菸抽的日子〉。

「好了嗎？我有帶毛巾喔！」

「好了。」薄薄的門板上方，我看見她的手腕伸進來，遞上毛巾，我接過。

我拿過制服穿上，覺得今天的白衣黑裙有哪裡不太一樣，低頭看見兩條藍槓，和一串陌生的數字，我穿的是學姐的制服。

「這不是我的制服。」我指著學號說。

「這是我的，去妳教室拿比較麻煩，先穿我的吧。」

我推開門，學姐仍穿著整套體育服裝。

「欸，妳頭髮根本沒擦乾啊！」學姐拿起毛巾，鋪天蓋地把我包住，囑咐我坐在椅子上，她拿起吹風機幫我仔細吹乾長髮。

「沒關係啦，吹乾要很久。」我試圖掙脫，想奪走吹風機。

「不吹乾，感冒怎麼辦！」她在我頭上敲了一記，把頭髮揉亂又理順。

我從鏡子裡看她專注的眼神，覺得非常非常溫暖。手邊沒有梳子，我簡單用手爬梳，綁回馬尾。

「妳這樣好像小動物。」她俯身，以為她要親吻我了，但學姐只是幫我把散落的頭髮塞進耳後。那塊被她指尖碰觸到的耳骨，如同長出自己的心臟，立刻劇烈跳動。

學姐的制服帶著她的味道，我穿上後一直覺得她就在身邊，形影不離。等到我踏進教室，已經遲到半小時，幸好數學老師只是瞥了一眼，並沒多說什麼。我故作鎮靜地找出課本，眼角餘光看見小旻走進，我才想起跟她約在器材室會合，心裡有點愧疚。我轉向她，她直盯盯望著黑板上的公式，不時低頭抄寫。

下課的空檔我去找小旻，她低頭看書。

「妳在看什麼？」我問。

小旻沒回答，把書背立起，我看見書名，《挪威的森林》。

「好看嗎？」

小旻沒回答，書還是立在我們之間，遮住大半張臉。

「可以推薦我一些書嗎？」

她依舊沒說話。

「對不起我忘記去找妳了。」

她放下書，慢慢抬起頭準備開口，她注意到我的制服，時間被按停了幾秒。她僵硬地轉身，走出教室。我不知道該不該追上去，只是留在原處，寫了張道歉紙條塞在她的透明桌墊下。

放學後我帶著制服去找學姐，教室裡剩下零零星星的十幾人，學姐跟小莫正在談話，表情嚴肅，我站在幾步外，等待自己被發現。

「嘿。」結果是小莫先看到我。

「學姐好。」

「要不要一起去吃飯？」小莫問。

「我得回家。」學姐答。

「那陪妳去等車嗎？」小莫又問。

「沒關係，學妹會跟我去。」學姐拿起書包走向我。

「妳穿游的制服很合身欸。」小莫冷不防地說，「很像姊妹，頭髮放下更像。」

「小莫妳越來越無聊了。」學姐的口氣有點不耐煩，拉著我就往外走。

我回頭看小莫，她依舊坐在原處，冬天的傍晚已經失去所有的日照，小莫坐在沒開燈的那半邊，白皙無血色的臉，正要沉進黑暗的深處。

回家之前，我和學姐先換回衣服，接著陪她去車站，我們要搭的車在不同的路口，但我很樂於多走這樣一段路。而且我最近聽聞，學姐有平均等一班公車，就被人搭訕三次的傳說。天氣微涼，學姐勾著我的手。公車來了，她沒有要上車的意思。接著又走掉一班。

「妳沒有話要說嗎？」我們並肩坐在長椅上，學姐問。

「喔，謝謝妳借我制服。」我想了很久，回答出最有可能的答案。

學姐嘆了長長的一口氣。

「怎麼了？」

「沒什麼，呆子。」

「什麼啦什麼啦！到底是什麼啦！」我有點急了，拉住學姐的袖子追問。
「算了，不等了，我要回家了。」她作勢要站起來招公車，我繼續拉緊袖子不放。
「不要啦，再一下下。」
「再一下下什麼，妳要說什麼？說對話才可以喔。」
「我喜歡，跟妳在一起。」不太敢看她的眼睛，我低頭小聲說。
「排列的方式不太對欸。」
「我喜歡妳，在一起。」毫無章法可言，說完我都可以感覺到身體的滾燙。
「算是答對好了，好乖。」她坐回來，開心地摸摸我的頭。

像是一種引導式教學，當妳以為走在迷宮時，前方就會自然而然地出現箭頭，於是妳頭也不回地繼續跟進，假使在中途失去了指引，就得靠自己的方式脫困，直到找到方向為止。至少我是這麼認為的。

/11

有一種門只進不出，它並不確切被包含在特定的空間裡，只是當妳跨越了，妳當下就知道是跨越了。那影響萬分巨大，妳經歷過，就回不到原點，再也無法以相同的眼光看世界，妳會明白，再也回不去了。最普遍出現的形式，喚做祕密。很可惜，人的耳朵無法關閉，記憶無法倒轉，知道了，就是知道了，難以欺騙。

漫長的十二月進入下旬，學姐有門禁，所以我們上課前會在早餐店見面，學校附近小吃街右手邊最後一間店家，慣常坐在第三桌，錯過整個早自習，直到接近第一堂課，才一起小跑步進學校，那是附帶奶茶和漢堡蛋的完美時光。這個短暫的習慣深入骨髓，在我沒有上午課程的大學時期，偶爾會多轉幾班車，回到那個店內的座位，吃一頓延續到下午的漫長早餐，我跟我自己一起。

恰好是那個星期，我會外帶一份紅茶加玉米蛋餅給小旻，她總是在第一或第二堂下課才去福利社買麵包作為早餐，注意到這點，我送早餐作為之前放她鴿子的賠罪。進教室前我就把早餐從窗戶遞上她桌面，讓她沒有拒絕的機會，一切講求快狠準，接著若無其事地從後門溜到我座位，鐘聲通常便在此刻響起，一個學校日的開始。

即便如此，小旻開始不主動跟我說話，那些源源不絕的紙條也突然切斷補給，宛如戰事的終結，我心懷愧疚，但說真的不十分在意。

同樣是那個星期，小莫開始告假，我偶爾去學姐班上，都會發現有奇異的眼光投射，不全然善意。消失兩天後，小莫出現在走廊，指名找我，不過幾天沒見，就覺得她瘦了，更加稜角分明起來，我跟她在學校裡遊走，她悶不作聲，我怯怯地等她開口。

「妳們在一起了嗎？」小莫終於開口。
「嗯。」
「那很好，祝妳們開心。」她像是早就料到，又始終難以說出口。
「那妳們……」
「是以前的事情了。」

從我們到妳們，從妳們到我們，詞語傷人，也好像是如此。我跟小莫安安靜靜地走了段路，然後在某個轉角，兵分兩路，回到各自的教室。

隔天放學後，小莫又出現在走廊，學姐這天家裡有事，跟我說好會先走。
「要走了嗎？」小莫問。
「差不多了。」我答
「一起？」小莫又問。
我答好，返回教室迅速整好書包隨她離開。

「妳要趕回家吃飯嗎？」往公車站的路上小莫問。
「不用，我家不開伙的。」
「那要去吃東西嗎？」
「好啊。」
「想吃什麼？」
「都可以。」
我們一路亂走，至少走了四五站公車的距離，最後走進速食店，點好餐，坐在二樓窗邊。
「妳沒有門禁嗎？」小莫問，她點了兒童餐。
「沒有，我家人不管的。妳呢？」
「我喔，我家的人不管了。」她笑著說，帶些無奈。
「妳都一直戴著那個嗎？」我指向她手上的護腕，白底紅勾勾，「很好看喔。」
「不完全是為了好看，但其實也是為了好看。」而她說。

那時候我就感覺到邊緣，碰觸到邊緣，行走在邊界，但我沒有退縮，我看著她。小莫沒有眨眼，世界在那刻傾斜向小莫，用力推開了一道門，她把雙手的護腕拿掉，底下是深刻的線條，我難以移開目光。

「高一下學期，我跟游在一起的事被我媽發現了。我爸媽非常激動，覺得損及他們的尊嚴跟名譽，決定立刻把我送出國。當然，出國前要去看醫生拿藥吃，他們覺得我有病。」小莫將手掌朝上，手臂平放在桌上，傷痕和血管交錯，一座深入肌理的荊棘花園。「我爸是一個控制狂，從小到大什麼事都必須照著他的旨意走，這樣我沒辦法活下去。後來我在醫院待了一陣子，我有個比較親近的堂姊，力勸他們這症狀只是一時的，我會『正常』起來，他們才勉強讓我出院。我還是想回學校，不想轉學也不想出國，離開這裡我真的會死的。我爸妥協了，但是開出兩個選項，臺大或政大。」

我看著面前的小莫，找不到可以回答的句子，我伸出手，覆蓋在她攤平的掌心。

「很好笑吧，如果不能得到一個他們眼中『正常』的女兒，那至少要一個可以上名校的女兒。」小莫迅速擦掉眼淚，「但是，考上臺大或政大，仍舊是我的首要目標，妳知道為什麼嗎？」

「為什麼？」

「因為這兩間學校有女同性戀社團，浪達跟奇娃。」小莫打從心底笑了出來。

「浪達跟奇娃。」我複誦，像是記憶一句保命的咒文。

「對於之前的態度，我要向妳道歉，我太小家子氣了。一開始看到妳的時候，我覺得妳跟游好像，不是長相，是感覺上的相像。但是聽她說起妳，實際跟妳相處，發現妳好像跟我比較像，妳是我這邊的人。」

「這邊是什麼意思？」我問。

「總之，妳是我們的人。也許妳還沒發現，但我們誠摯地歡迎妳的加入。」小莫舉起可樂，她是眼睛閃閃發光的王，那座理想國就在她身後。

那年的聖誕我收到兩張很棒的卡片，寫下很多文字跟祝福，那年的最末，難得學姐可以從門禁裡脫逃一天的日子，我們三人一起跨年。站在市府廣場人群的外圍，遠看舞臺喧譁，人聲鼎沸，齊聲倒數五、四、三、二、一，然後新年快樂。學姐站在中間，我們三人彼此相牽。回程時候需要突破人群，我們緊緊握著對方的手，生怕被沖散，即使遭逢拉扯，也不放開。溫暖而疼痛，我非常懷念當時的我們。

/12

我會陪妳走到黑暗的盡頭。有人對我這樣說。

我的高一下學期，她們的高二下學期，妳的，我的，她的，她們的。與小莫走在學校，總是遭遇太多的目光，有陣子我和學姐有個祕密基地，學校附近的伊通公園。終日無所事事，只是想待在一起，我們一邊盪鞦韆，一邊談各種未來，有時候交換推著對方，為了去更高的地方。在傍晚的光線，學姐坐在鞦韆上盪得高高的，帶來一種飛翔的燦爛錯覺，美好卻不可及，可能在轉瞬間消失不見。

某次體育課之後，我在更衣室換運動服，外面的空間有人大聲地說八卦，專屬於女校的蜚短流長。男孩從來都不是焦點，與外校的聯誼都是插曲，必須是她和她，或是她和她們，各種排列組合。這次我聽到自己的名字，還有學姐們。

薄薄門板外的談話，版本和我所理解的有些出入，傳說有人目擊我和小莫在速食店公然牽手，她們說，現正進行的是小莫爭奪戰。她們就事論事，將我和學姐並置比較，討論如果她們是小莫會選擇誰。一時之間不知道做何反應，我推門走出，討論的聲響被慢慢調小。我穿越那些人，走去洗手臺慢條斯理地洗手，離開。

問題出在哪裡呢？回家之後我盯著鏡子裡的自己，紮成馬尾的長髮，過長有點扎眼的瀏海，入學之後急遽曬黑的膚色，有些什麼被遮蓋住了，我想讓它顯露出來，但我害怕這個陌生又熟悉的自己。

那個週末學姐們留校自習，阿青恰好約我下午去打球，我一早就出門，在臺北車站駐足一間又一間髮廊，最後走進一間比較順眼的店。

「我想剪頭髮。」

「想修成什麼樣子呢？」把頭髮抓成刺蝟頭的女設計師問。

「嗯，想剪短。」我答。

「剪短？多短？短五公分？還是十公分？」她略帶嘲弄地說。

「像妳這麼短。」

「像我這麼短？妳會不會哭啊？我看過太多長頭髮女生被剪短一兩公分就哭得死去活來。」她一邊端詳我的長髮一邊說。

「不用像妳這麼短，可以再長一點……放心，我不會哭。」

「帥一點的？」

「對，帥一點的。」

「妳說的喔！」她看著鏡子裡的我的眼睛。

「對。」

長髮留了多久呢？其實我不太確定。我念髮禁寬鬆的私立國中，印象中，我的頭髮始終維持襯衫肩線以下，隨時可以綁起馬尾的長度。不因為喜歡，只因為習慣。

我其實沒有認真想過自己想要的樣子，或者是說，在別人眼裡的樣子。座椅周遭都是我的頭髮，散落滿地，答案還是不明確。

「好了。」設計師說，她的名字是 Leslie，跟張國榮一樣，她補充說明。「好。」滿地都是散落的頭髮，如同黑色的草原。我看著鏡子裡的自己，覺得在看一個陌生人。

「幫妳做個造型。」Leslie 拈起髮蠟，在我的短髮上理出線條。「帥！」她拍拍我肩膀，滿意地說。

「謝謝。」

「不客氣。」

結帳後她遞名片給我，說是有任何問題，從抓頭髮到人生，都可以打給她。

我走上大街，週六的臺北車站人潮洶湧，各種聲響從四面八方湧進我耳朵，三月的天氣已開始轉暖，我依舊覺得後頸有點涼意。只是剪掉幾十公分的頭髮，卻覺得整個人都不太一樣，像前往某種未知的道路，像踏上某個嶄新的旅程，我不會形容，每個擦肩而過的人，我都覺得他們用完全不同的眼光在看我。有點新奇，加上一些不安，我戴上耳機，把音量調高、調高，搭上前往學校的公車。

假日的球場還是熱鬧，差別是氣氛更加歡樂，無止盡的連環報隊比賽。有幾個人坐在場邊吃飯，其中有阿青，我走過去打招呼。

「妳妳……妳是誰啊！」阿青大叫。

「太誇張了吧。」我後退幾步，摸摸瀏海，摸摸後腦勺，觸感的確跟平常不同。

「哇！哇！」阿青抓住我肩膀，把我整個人轉來轉去。

「不要再看了啦，我還很不習慣。」

「天啊！妳整個變一個人欸。」阿青還是伸手在我頭髮上東抓西抓。

「還好啦，剪短比較好整理。」我撥開她的手，坐了下來，阿青也挨著坐在我旁邊。

「妳有受到什麼打擊嗎？」

「沒有啊。」我說。

「真的沒有嗎？」她用肩膀碰我的肩膀。
「對啊！」我不理她，望向操場的方向。
「覺得好久沒跟妳講話了。」過了一陣子，阿青說。
「我們明明昨天才講到話！」
「不是那種講話，是有深度的那種。」
「是喔，那我們去地下室講啊，比較有深度。」
「妳被學姐帶壞了，這種無聊的話也講得出來。」阿青露出不可思議的眼神。
「說到學姐……」
「嗯？」我有點不想繼續這個話題。
「妳跟學姐都好嗎？」
「很好啊。」我答。
「跟兩個都很好？」
「跟兩個都很好。」
「那就好。」
「嗯。」

「我還以為妳受了什麼刺激，才跑去剪頭髮。」

「不用想太多啦。」

「沒事就好，說真的妳剪這樣還蠻好看的。」

「謝謝！」我學花輪撥了一下瀏海。

「剛剛看妳走過來，整個人殺氣騰騰，以為要全面開戰了！」

「什麼開戰？」

「剛好就浮起這個詞嘛！欸，妳有什麼事儘管跟我說，不要悶著。」

「就說我沒事啊，ＯＫ啦！」我對阿青比出ＯＫ的手勢。

「沒事就好。那要不要打球？」

「ＯＫ、ＯＫ。好啊！」

「那我去報隊。」

阿青俐落地跳起來，拍拍褲子，小跑步往球場去。

「ＯＫ啦！」我在心裡對自己說。

/13

/

我的長髮時期正式終結，自此邁向短髮，一去不返。

一開始是為了被辨識，與它相處之後，才找回我自己的樣子，光是要理解這點，就耗費與出櫃差不多漫長的時間。很後來我終於能以客觀的目光去看待小莫，關於她的坦然跟自在，她在極為年輕的時候就經歷的艱深試驗，她是從大理石破開而出的雕像，純粹回歸應有的模樣。在我還不知道何謂「踢」「婆」，甚至後來流行的「不分」等任何術語之時，她就是當時女校眾生的未來完成式。某種程度上，她也曾經是我夢想中的未來完成式。

剪短頭髮的週末，我媽依舊去公司加班，直到深夜她返家，我坐在客廳沙發，包著毛巾看電視，頭上的重量跟以前差好多，一邊擦頭髮，也感覺手指拂過頭髮的觸感有些陌生。當我放下毛巾，我媽的表情一下子扭曲起來。

「去吹頭髮，吹好再來客廳。」媽媽說。

通常這代表，我們需要談一談。

我從房門走出來，電視瞬間被關上，整間公寓被轉成靜音。

「妳是不是交到什麼壞朋友？」

「沒有啊。」

「那妳頭髮怎麼這樣？不覺得太短了嗎？」

「還好吧。」

我媽握著遙控器，過度用力地盯著已經沒有畫面的電視。

她沒辦法看著我說。

「妳是不是有『那個』的傾向？」她問。

我沒辦法回答，只好保持沉默。後來我聽過眾多類似的時刻，櫃子門被輕輕抵住的時刻；後來妳當然想好許多漂亮的回答，優雅的姿態，但都是後來的事。因為妳還年輕，生澀是理所當然的。她再度打開電視，聲音被暴力地灌進耳膜，我轉身想回房間。那天我翻來覆去睡不好，掉落在枕頭上的短短頭髮都是刺，扎得我哭了一整個晚上。

/14

短髮時期的某日，我問學姐，妳覺得呢？妳喜歡嗎？我將所有焦慮濃縮成簡短的問句。

Come as you are.

回覆只有這句話，寫在手掌大小的紙張上，學姐如是說。

「很好看，如果這是妳想要的樣子。摸起來刺刺的……剪得有點短欸。」

我們站在假日的球場邊，學姐揉揉我的頭。我一向很喜歡她的這些小動作，近來有點缺乏，尤其是小莫在身邊的時候，學姐似乎會刻意拉開與我之間的距離，這帶來難以言明的輕微不快。

我非常喜歡她們，當然喜歡學姐多些，她們自體產生一個完整的宇宙，在她們身邊令我覺得放鬆，像是我從來未曾擁有過的姊妹，像是家人。但當我走到小莫面前，我希望她眼裡的我，不只是一個親愛的學妹，一個親愛的妹妹，我希望她看見的，是她摯友的女朋友，是她前女友的新女友，是敵手，是會讓她在女校的走廊上微妙地暫停腳步，像是那些傳說中的狹路相逢，是會讓她轉身多看幾眼的對象。

關於那些踢們，刺蝟頭垮褲走起路來盛氣凌人的踢們，硬挺牛津襯衫背包裡總會放幾本書好喜歡逛誠品的踢們，T-shirt 西裝外套聽獨立音樂跑影展的踢們。這些年來我在別人眼中的光譜到底是怎麼移動？當我剪短頭髮的那個週末，我就正式被歸類在那些踢們當中了嗎？我始終不明白那個時刻，彷彿該在我的個人時間軸上記錄一筆的那天。當我將長髮剪短，讓自己容易被辨識，我似乎才被某個祕密的組織接納，成為當中的一員。

我還記得那些親愛的時刻，我們三人的獨處時刻，中午待在屋頂基地吃便當，或是放學後約在活動中心的高樓層。學姐可以待得晚一點的日子，我們可以目睹整座城市怎麼樣從白日變為黑暗，有夕陽及光影的魔術時刻，我們並肩趴在圍牆的邊緣，只有我們三個，世界安全地被隔離在外。我非常想擁有那樣的一張照片，如果有誰可以從我們的背後拍攝，我想看見那樣的美好視角。

關於高一下學期，更多時刻是我跟小莫一起，我們共同度過放學後的剩餘時光。接著我的高一到達尾聲，她們的高二也是，對高中生來說，這代表著假期結束了，樂園關閉了。高一高二的放肆時光告終，即將吹起戰爭的長號角，她們準備面對大考。

我已經記不起來高一升高二那年暑假發生什麼事情，那段時光如同快轉，是模糊的色彩，接著我升上高二，她們移居古舊的高三教室，光是建築的溫度就比別棟低上五度，亮度似乎也調暗，音量也被調低。

是的，是這樣的，再來呢，開學的第一個月，九月二十一號凌晨一點四十七分，大地震來襲。

經歷過那場地震的人，也許都還能想起自己當時身處的環境，當然，大多數的人都在熟睡狀態，我驚醒，以為是場惡夢，天搖地動，然後我推開房門想去廚房拿杯水，發現沒有一盞可以亮的燈，一場醒不來的惡夢。接著聽到我媽媽的喊叫，嚷著不要動。我家客廳的大魚缸被震裂了，滿地水與玻璃碎屑，更多的，是原本色彩斑斕的魚種，在碎玻璃上不斷彈跳。牠們曾經在我失眠的夜裡對我發光，魚身反映的光線彷彿密碼，是不為人知的語言，它們曾經真實地存在，但正在漸漸消逝。

好不容易找出來的手電筒沒電了，就著微弱不明的燭光，我和媽媽努力把那些跳動的魚撈進一個又一個的玻璃杯或者碗或者鍋子，棄置滿地碎玻璃。電依舊沒來。

「爸這陣子有打電話回來嗎？」我問。

「他很忙。」

「妳覺得中國會知道我們在地震嗎？」

「新聞應該會播吧。」

「那他好歹打個電話回來關心一下啊。」

媽媽坐在沙發的一角，在蠟燭搖曳的光影下顯得很小很小，她伸手拿起旁邊的電話，電話不通。我想泡點熱茶，但沒電的熱水瓶無法出水，我打開冰箱倒了兩杯牛奶。她安靜地接過，沒有再說話。一時無法處理的，只能給予時間。

「去買電池。」我換衣服出門。

凌晨的街上有難以想像的眾多人群，安靜地成群結隊，湧進附近的超商超市，搜刮泡麵零食礦泉水手電筒，再以新購的手電筒照明返家，深海魚類般的景象。

宣佈停課，隔日一早我衝到最近的公共電話，口袋裡揣著一把零錢，手背抄好兩串號碼，不斷地撥出，不斷地嘟嘟嘟，電話中。兩點構成一直線，三點構成一平面，數學理論這樣說。但其實還有不同的說法，在兩個點以外的點，就什麼都不是。

/15

妳的初戀為時多久？歷經多久才結束？

這是兩個截然不同的問題，前者是確切的時間，從關係的開始到結束；後者是真正的結束，直到心無芥蒂的那刻才真正喊停。

復課的那天早上，我們在走廊上跑向對方，學姐緊緊擁抱住我，小莫摸摸我的頭，我們三人傻瓜一樣地抱成一團，彷彿一起經歷浩劫餘生。在那擁抱裡，有些細節改變了。如果再多談幾次戀愛、多經歷幾次傷害才能夠開始習得的，辨識細微的能力，可能是說再見的語氣，可能是見面時的神情，可能就是沒有原因的，心裡有個視窗彈跳出來。妳清楚不過地理解到，在對方身上生成了某些不同，如果不奮力扭轉，之後妳們就勢必會走上不同的道路。

妳其實都知道的，雖然那當下妳別開臉不想注視，但妳都知道。

她們高三那年的十一月，我的十七歲生日，約好放學後在活動中心見面，小莫在樓梯間攔截我。這次不上頂樓，她帶我穿過曲折的走廊，走進一道暗門，幾個轉彎，我們就進到活動中心的一樓，可以容納上千人的大禮堂。冬天的白日提前，彼時的禮堂伸手不見五指，小莫打開手電筒，領我入座，接著她放我在黑暗裡，帶著光點離開，然後，手電筒的光又出現，照著一臺黑色的鋼琴，琴音響起。

「祝妳生日快樂——祝妳生日快樂——祝妳生日快樂——祝妳天天快樂。」學姐自彈自唱，小莫和聲，最後她們拿出一個小蛋糕，步下階梯，走到我面前。

「生日快樂！趕快許願！」小莫捧著蛋糕說。

我忍住淚水，擠出微笑面向她們，「我希望妳們考上好大學，都健康愉快。」

在她們的熱烈眼神注視下，我一口氣吹熄蠟燭。

「妳的生日禮物我們想好了，但是還沒選好，之後補上。」學姐說。

「不用，不用禮物。」我幾乎要哭出來，只能猛烈搖手。

「歡迎來到十七歲。」小莫拿出預藏的啤酒，乾脆爽利地一一打開，我們坐在舞臺的邊緣，舉杯慶祝，說了大量的胡話。

後來小莫藉故離開，我跟學姐坐在禮堂座位區，有一搭沒一搭地說話，我第一次喝酒，即使濃度極低，還是有種昏沉飄飄然的錯覺。

「我對妳來說，到底是什麼？」藉著酒意，我終於說出口。

「是非常、非常重要的人喔。」學姐作勢聞聞我，「妳現在是醉鬼了嗎？」

「才不是！只是有點頭暈。」

「好，那就休息一下好嗎？」她挪動位置，讓我可以靠著她肩膀。

「我們現在到底算什麼？」

學姐沒有說話，但我立刻感覺到她的瞬間緊繃。

「是我比較重要？還是小莫比較重要？」

她沒有回答，我沒有再說話。我們陷入漫長的沉默。

「我們，先當朋友好不好？」然後她說，「我真的喜歡妳，但是，現在這個階段，我沒有辦法跟誰交往，也沒有戀愛的心情。」

「嗯。」我說。

「我真的需要好好念書，妳也是。」

我沒有說話，將身體的重心移開，讓自己離開她的肩膀，離開她的氣味，慢慢地，靠著自己的力量坐直起來。

「好，我知道了。」我站起來想走。

「沒有，妳根本不知道。」學姐動作極快，立刻伸手把我抓住，我坐回原處。她的手指用力收緊，她盯著我，我看見她近距離的眉眼鼻，五公分，三公分，一公分，她接近得非常溫柔，我以為她要說話了但是沒有，我們無聲地親吻。

此題無解。

當年的數學習題裡，這是我最痛恨的答案。或者我們只是蒙著眼，不願面對交卷的時刻，如同我閉著眼，感覺十七歲當天落下的吻，不想明天，不想未來的未來。

/16

GD90，十個數字。

之後我收到生日禮物，是她們合送的手機。

她們也都各添購了一支，都是銀色的，同樣輕巧，重量甚至低於一百公克，非常適合放進黑色百褶裙的側袋，或是運動褲的後口袋，在走路的時候足以感覺手機的存在，卻不感覺壓力。上課的時候就放在抽屜，記得要墊一本書或放在筆袋上，這樣簡訊到達時的震動才不會太大，不會驚動臺上敏感的教師。沒有手寫的溫度，不如偶有的長紙條令人驚喜，但簡訊方便即時，不會讓人在走廊之間錯過。

我的第一組手機號碼，一直沿用到大學快畢業才更換，需要稍加回想，我才能想起自己的舊號碼。但學姐和小莫當時的號碼，如同膝反射的存在，總可以及時跳出，用最大級字的跑馬燈出現，迴盪在我腦海。在尚不知道學姐新號碼的某段時間，偶爾我會撥打那串號碼，總是凌晨，很慢很慢地按下十個數字，生怕驚動了什麼，才虔誠地將手機靠近耳邊。

「您撥的號碼是空號。」即使對方總這麼說，也讓我覺得安心。

三支 GD90，三胞胎，放在飯桌上的時候，可以被排列成正三角形，唯一可以辨識的，是小莫之前從日本帶回來的小禮物，三隻帶有鈴鐺的小貓，相同款式，顏色不同。

高二上學期的某天，反正已經遲到，我悠哉地站在早餐店前，在眾多蛋餅跟三明治之間游移不定。

「妳也想太久了吧？」小旻說，再自然不過地打破長長的沉默，她搶先一步點了餐，「漢堡蛋，中溫奶，謝謝。」

「欸，之前的事，不好意思。」走到學校的路上我說。

「幾百年前的事了。」小旻說，提著早餐黃色塑膠袋的手明顯晃蕩得更高。

「妳最近都在忙什麼？」

「上學，讀書，談戀愛。」

「談戀愛！哇，對象是誰？」我一向討厭八卦，以及眾多捕風捉影，可是面對小旻的事情，我好奇地問出口。

「學妹。」

「學妹！」

「學妹，嘿嘿。」那是個充滿炫耀的嘿嘿。

當天的第二堂下課，學妹乖順地出現在我們班教室門口，小旻對我使使眼色，然後我看了過去，幾乎是小旻的翻版，同樣的長髮身形，差不多的身高，走在路上會被認為是姊妹，牽手也無妨的組合。有好一陣子，我都覺得她們是校園裡美好的風景。

那之後不久，小旻主動與我討論了頭髮的問題，因為學妹總擔心小旻被別人追走，所以希望她剪短頭髮，可以不那麼「女生」一點。

「可是我就是女生啊，我喜歡自己現在的樣子。」小旻說，「說真的，我看到你短頭髮的時候，就想過去跟妳說話了，因為我覺得我們可以做朋友。」

「什麼意思？」

「因為我喜歡長髮女孩啊，哈哈。」

「妳很膚淺欸。」我伸手打了她一記。

「所以妳覺得我該怎麼辦啊，要不要剪？」

「看妳怎麼想，這個問題很複雜。」我說。

「我對妳好失望。」小旻說。

「為什麼？」

「因為我一直覺得妳很會處理複雜的問題。例如說──」她比了個御飯糰三角形的手勢，「三角習題。」

「很抱歉，此題無解。」我攤手。

「妳好糟糕喔，零分。」

小旻想起了什麼，走回座位，從抽屜的底層拿出一個牛皮紙袋。

「嗯，之前妳要我推薦書，這兩本妳可以慢慢看。」

我打開袋子，裡面有兩本書，邱妙津的《鱷魚手記》與曹麗娟的《童女之舞》。

從頭髮造型開始，到穿著打扮，當時以為的天大困難，到了現在其實都是小問題，那些傻氣的討論，無一不值得想念，再來呢，會是遠距離，同居，被逼相親，想結婚，想認養孩子。生活是場大型的闖關遊戲，可惜沒有精密的攻略，即使不斷回顧，想找出某個決定性的瞬間，可以大喊「哈利路亞！嗆司！」的那種，卻總是為時已晚的後話。

同個學期，學妹向小旻提出分手，小旻的初戀為時不到兩個月，是轉瞬即逝的煙火，那年跨年，學姐們要專心準備七個月後的大考，我跟阿青、6號、小旻擠在上萬人的廣場，一同倒數，十、九、八、七、六、五、四、三、二、一，新年快樂！我們齊聲叫嚷，也許眼裡有淚。

「快說新年新希望！」阿青大吼，以蓋過周遭人群的嘈雜。

「我要當異性戀！」小旻立刻吼回來。

然後我們都笑成一團。

新年快樂，我在心裡對妳們說。

/17

橢圓形的面積公式是 πab。

許多個夜晚，高三晚自習時間開始前，我和學姐們在飯後會去走操場。我們只是一圈一圈走，有時交談，有時各懷心事，沉重地踏出步伐，我們各自占據特定跑道，如同星體的軌跡，我們是宇宙中平行飛行的三顆小行星，在無出口的橢圓形操場上不斷行進。

那是我難得可以跟她們相處的珍貴時光，大學時期睡不著的凌晨，我偶爾離開租屋處，走一小段路，在附近的操場跑道反覆地走。

打散再重來，我跟阿青、6號、小旻變成別人眼中的某種小團體，我們是各種報告的同組組員，我們一起在教室及術科教室間移動，去福利社採買，抽班級座位的時候也盡量坐在附近，小旻喜歡窗邊，於是我們在教室的兩端來回遷徙，逐窗而居。

4是個好數字，它不是質數，它是雙數，所以可以兩兩一對，走路時可以前後分組，不會有人落單，4比3大，4比3好太多了。

失戀後的小旻並沒有達成她的新年新希望，她還是當不成一個異性戀，很快就看上隔壁班那長髮飄逸清秀甜美的國文小老師A同學，彼時我們的雷達啊天線什麼的都只是簡配，感應遲鈍，出錯率極高，一切只憑空穴來風亂猜測。某次我們四人浩浩蕩蕩一齊前往福利社的路途中，跟A同學擦肩而過。

「我覺得可能是喔。」等到A同學遠得聽不見我們說話時，小旻說。

「怎麼說？」我問。

「眼神不太一樣，她經過的時候多看了妳跟阿青幾下。」

「我也覺得有喔！」6號愉快地贊同。

「那還不趕快出手！」阿青的聲音帶點興奮，非常想看好戲。

「唉呦，欣賞就可以了。」

「妳不要害羞，我幫妳，搭訕是我的強項。」阿青接著說，立刻被6號瞪了一眼。

為了踏出成功的第一步，阿青跟隔壁班同學抄好課表，抓住某次分發國文補充講義的時機，和小旻等在教師辦公室外面，當A同學捧著一大疊幾乎要遮住她視線的講義走出來後，小旻就被用力推上前去，幫A同學分擔重量，順路走回教室。

「總之就是timing的問題，timing很重要。」阿青驕傲地表示。

大抵就跟讀書一樣，有的人事前預習演練過上百遍才有還可以的成績，有人猜題神準，憑著考前抱佛腳就獲得高分。談感情也很需要這類型的慧根，或者加點運氣。阿青在這方面的直覺準確度極高，變相成為小旻的指導老師。不過A同學的案例並沒有成功，代號要一路走到C同學才劃下句點，成功率約三分之一。

在日常的嘻笑打鬧背後，我們即將成為下一屆的高三生，學姐教室的肅殺氣氛一日濃過一日，黑板邊緣的大考倒數日期不斷逼近，用各色粉筆交織而成的數字似乎彙集憤怒，字體跟筆跡都有些刺眼。

我趁著週末跟小旻去拜拜走踏，替鐵齒的小莫拜了文昌，買到當年很流行的「追分成功」車票吊飾，寫卡片，送點心。在大考的焦慮交棒到我身上之前，我能做的只是作為啦啦隊的關心。

畢業當日我準備好兩個玩偶，在典禮前拿去送給她們，一靠近學姐班便驚覺人潮洶湧，十六七歲的女孩們爭相與小莫合照，奉上各種精美可愛的禮物。

不知道是漫畫還是日劇使然，那年流行跟喜歡的對象要襯衫的第二顆鈕扣，小莫都微笑拒絕。拒絕的原因再明顯不過，我當時已經能想像小莫與學姐交換鈕扣的場景，場景的想像過於真實，好像已經在我面前演練過上千遍。

典禮結束後，我站在出口附近，看從禮堂大門不斷湧出的人潮，一波接一波，想到之後沒有她們的校園，很沒有真實感。然後她們並肩向我走來，給我溫暖確實的擁抱，下一秒她們相視而笑，很用力地扯下襯衫的第二顆鈕扣，遞到我面前。

「因為在最靠近心臟的位置。」那時候她們其中之一說。

「因為我的心裡有個洞。」越洋電話裡，有人對我說。

/18

步驟很簡單。首先，攤開妳的左手手掌，要攤平，接著伸出妳的右手食指，在攤平的左掌上寫：混亂，寫好後，用右手手掌拍擊左掌，再寫一次混亂，再拍平，再寫，再拍平，重複幾次之後，就可以得到混亂多次方。接著請深呼吸，一口氣把這些混亂吃進肚子裡，然後妳就可以得到混亂的集合體。對，就是妳自己。

似乎以剪髮作為分界點，我跟家裡的關係一下子緊繃起來，每次對話都像話中有話，綿裡藏針。這六七年都在中國工作的父親，從每個月回家，變成每季，最後幾乎是過年才見得到面，即使回家，也是神祕電話響個不停。

我週末總是去學校，名為唸書，其實就是打球，與阿青她們耗在一起整天，每隔幾小時去偷看正在用功的學姐與小莫。有次我趕著出門，媽媽已經起床，坐在客廳，她問我要不要一起去逛街，買點衣服，或者是裙子什麼的。我知道那是種示好，但青春期的孩子誰拉得下臉，立刻拒絕。

「妳爸下個月要回來，週末不要約朋友。」

「哪個週末？」我問。

「還不確定。」

「要看我有沒有事。」

「妳爸難得回來一趟，就不能好好待在家裡嗎？」

「好，我會問他，為什麼不能好好待在家裡。」

「幹嘛這樣——」媽媽沒有再接話，我才發現她正在哭。

「爸外遇了對不對？」我問。

「妳不是趕著出門？」

「我已經不是小孩子了，妳有事可以跟我說，我們可以一起討論。」
我放下背包，坐在她身邊，將桌上的衛生紙推得靠近她一點。
「不然我不去學校了，我們去逛街？」
「如果，我是說如果，我跟妳爸離婚妳要跟誰？」
「這是什麼蠢問題！」
「只是說說，沒事。」
「當然是跟妳啊，這種事還用問嗎？」
她笑了出來，我催促她去換衣服一起出門。
開車往百貨公司的路上，遇上秒數極長的紅燈，兩個女孩有說有笑牽著手經過，我看著我媽的視線從右到左，盯著她們走完長長的斑馬線。
「『那個』會好嗎？」她在後來的路程一邊開車，一邊假裝漫不經心地問。
「妳以為是感冒噢。」
她露出很淡的微笑，「好啦！我知道了。」又隔了好幾分鐘，在聊到其他事情的中途，她突然想起什麼，叮嚀我，「不要學妳爸外遇就好。」

並沒有特別說明些什麼，我也不知道我媽有沒有足以比對的朋友，但是那天逛著逛著，她沿途沒勸說我買裙子，倒是買給我兩件襯衫跟一條牛仔褲。

/19

起點總是很簡單，像一條毛線，只要一個轉彎，一個踉蹌，就是一團混亂的線球。那麼，線頭在哪裡？我只記得我在學姐房間裡，還有迸開的卡其褲頭。我安靜地坐著，穿著學姐的棉質睡褲，她找出針線盒，準備把逃脫的鈕扣縫回原位。

我升上高三，教室遷徙到充滿爬藤的大樓，迎接隨之而來的一切，不管是什麼，好像有某個按鈕被按下，一切快轉，時間總是不夠用。學姐和小莫考上同一間學校，公館站三號出口，羅斯福路及新生南路交叉口，終於切斷長久以來如影隨形的箝制。我後來才知道，考上這所大學，成為她們的交換條件，以第一學府，換來豐厚的經濟支援，以及至少四年的自由，之後可能還有她們必須遵從的道路，但現在先不理會。

我知道她們可以搬去更為氣派的建築，門口有二十四小時警衛，一樓有五米四門廳，地下室有游泳池健身房，但她們沒有，那不是家，只是原生家庭的樣板。

關於家庭的想像，她們過度早熟，在十八歲那年開始一一完成，她們在學校的後門租下小公寓，即使要爬樓梯，即使出入會遇到鄰居，即使有貓恣意穿過自家陽臺，從放榜到大一上的期中考，她們都在進行漫長的佈置採買活動，彷彿那是生命的全部。

她們花整個週末的時間去IKEA選購餐桌跟沙發，再耗費另個下午尋找適宜的烤箱，蹺課去布市買窗簾，她們腳踏實地生活，在那間三房兩廳有落地窗跟前陽臺的小公寓。

我往往在上課時收到簡訊，簡訊早已取代那些小心翼翼從教室角落傳過來的字條，取代在走廊上咒罵老師還不下課的焦急等待，我一天收到很多封簡訊，我每週末見她們一次，看見所謂的「家」漸漸成形。

踏進家的半成品，換上一雙專屬於我的藍色條紋拖鞋，小莫對我說。

「這個房間留給妳。」

大概是在那個瞬間，我心底深處的山脈，有顆雪球開始滾落，滾落。我幾乎每個週末都去報到，從只有一張大餐桌開始，我在餐桌邊上讀書做習題，她們做著各自的事情，偶爾過來看我的進度，她們是我的私人家教。或者泡壺熱茶，配幾片餅乾，再過幾個月，小莫開始咖啡店的打工，我就能夠喝到外帶的美味拿鐵。

因為太幸福，我每每恐懼失去，以及那些稍縱即逝的瞬間。

我從未在那裡過夜，即使那裡有一間留給我的房間，不完全是因為屋內的家具還沒完備，不完全因為那屋裡有滿滿的不知為何的什麼，不完全因為這是她們的家。而是在那些幾乎到達幸福頂點的瞬間，那些愉快安心得不可思議的午後，只要一個閃神，我往往覺得自己是個闖入者。

高三上學期快要結束，那個週末小莫要家庭聚餐，我跟學姐走去附近一一八巷的小店吃晚餐，飯後回她們的小窩看電影頻道，再次注意時間，已經接近末班捷運，可能要跑過整個校園才能趕上。

「今天就睡這裡吧。」學姐說。

我說沒關係還來得及，然後快速起身，就是那個瞬間我的卡其褲釦子掉了，滾到沙發下。於是我那天要睡在這個家裡，我走到前陽臺，撥了電話回家，我媽在電話的彼端遲疑了一下，然後答應了。隔著窄巷，對面的公寓落地窗裡有貓，在燈光下，我清楚地看見貓咪看著我，牠轉身走掉，我回客廳。

「妳的房間還沒裝好窗簾，路燈很亮，還是跟我睡吧。」

我穿著學姐的整套睡衣，坐在空蕩的小房間裡吹頭髮，學姐拍拍我說。

她一手提著吹風機一手提著我，帶我走回她的房間。牆壁是淺藍色，有衣櫃書桌椅小矮几跟單人床的房間。我坐在桌前的椅子，她沒多說話，接手幫我吹乾頭髮，很溫柔仔細的手法。

「好孩子該睡了。」她揉揉我的頭，將枕頭拍得蓬鬆，示意我躺下，接著她開啟書桌旁的小黃燈，關上大燈，關上門。

我聽見浴室的門被開啟又關上，接著是淋浴聲。好像過掉半個世紀，淋浴聲結束，接著是吹風機的聲響，然後有腳步聲，門被打開又關上，小黃燈熄滅。下一秒，感覺到溫暖，學姐躺在我的身邊。

「晚安。」她說。

「晚安。」我說。

並不十分擁擠，也不十分寬裕，手臂會微微靠著的距離，所謂單人床。雖然關掉所有的燈，屋外的光線還是可以穿透窗簾，直到眼睛逐漸適應黑暗，妳就能慢慢看見。我本來平躺著，屏氣凝神，不敢左右張望，擔心這樣學姐空間不夠，於是向右轉，讓背抵著牆壁，朦朧的灰色空間中，學姐翻身向我，我便看見一對小動物般微微發光的眼睛。

/20

她的眼睛是漩渦，是黑洞，注視著，用盡所有力氣專心注視著，我只覺得自己不斷地陷落。為了防止墜落，我伸出左手，觸摸眼前伸手可及的，額頭，眉毛，眼睛，鼻子，嘴唇，必須非常輕，因為妳是易碎品，因為妳太細緻，因為我怕這是夢。

閉上眼睛，在心裡倒數五四三二一，我張開眼睛，看見近在眼前的海市蜃樓，我親吻幻象，她溫暖甜軟，是化在胸口的草莓蛋糕，是握在手裡的棉花糖山，她輕輕拉扯我的睡衣，世界翻覆過去，我俯身看著她的眼睛。

「妳在想什麼？」學姐說。

「我在想妳在想什麼。」我說。

她沒有回答，伸出雙手，環繞住我的後頸，於是我陷落。

「我再也沒有辦法回到這個家了。」往下掉落的最後清醒時刻，我這樣對自己說。

凌晨三點我醒來，分不清楚剛剛那些破碎的夢和眼前的現實，我套上衣服，走回那間說好屬於我的小房間，側身躺下，等到我再度醒來的時候，天色已經開始變白，學姐緊緊靠在我身邊。我覺得非常安心，並且極度混亂，我小心地坐起來，避免驚動學姐，我幫她把被子蓋好。

「妳要去哪裡？」我背好背包，坐在玄關穿鞋，學姐打開陽臺門看著我。

「我不知道。」

「那就留在這裡。」她的語氣溫和，但是堅定。

「這是妳們的家。」我說。

「是我們的，我們三個人的。」

我沒有辦法回話，我怕我說出太過傷人的話。

「妳會跟小莫說嗎？」我問。

「說什麼？」

「我要走了。」我站起來，學姐拉住我的手。

我用力甩開，她更用力地抱住我，幾乎要嵌進身體裡。

「就這樣吧。」

「妳在說什麼啦。」她的頭靠在我肩膀，我可以感覺她呼出的氣息帶著濕氣。

「我要走了。」我說。

「妳不要這樣。」劇烈地搖晃，她劇烈地哭泣。

「我真的沒有辦法。這樣妳就不用選擇了。」

「不要！不要！不要！」她帶著濃濃的鼻音大叫。

我張開哭腫的眼睛，看向陽臺外，天已經全亮，附近有人打開窗戶，發出尖銳的摩擦聲音。

我推開她，她的手無力地垂下，她蹲坐在地。

「這樣比較好。真的。」我的聲音聽起來萬分冷靜，並且無情，「我們暫時不要聯絡吧，我想好好準備考試。」

我親手傷害了生命裡最珍貴的物事，親手把學姐砸成碎片，但是妳還有小莫，她會把妳拼接完成。

這個世界的本質不適合我。

在那樣荒謬的場景裡，我想起那最後一句話。這個世界已經對學姐跟小莫張開雙臂，只剩我還站在世界的邊緣，我用盡所有的力氣，把她們往美好世界的懷抱推。後來的很多的夜晚，我把浴缸注滿水，把自己沉進深處聲嘶力竭地哭泣。我祝妳們健康愉快，那些夜晚，我總在心裡這麼說。

接著是高三下，十八歲，成年之前的最後試煉，我只想著要活著，要活下去，我會撐過去，我會把自己修補完畢。

/21

那段時間到底發生了什麼事？那個晚上，到底在我這個人身上，在我們的身上，產生什麼近似於重創，近似於致命性的影響？我無法對這一切提出意見。

那年我父母終於簽字離婚，我感覺到他們雙方也許都鬆了一口氣，無形的箝制被剪斷，我鼓勵我媽跟朋友們出去遊玩散心。生活不需要太多變因，我在她面前佯裝一切如常。我起床，上學，放學，讀書，睡覺，小旻跟阿青找我吃飯，於是我吃飯，我們留校自習，偶爾在操場漫步，我感覺自己並不實際存在，並不太覺得餓，不太覺得飽，不想睡，但也不想醒。有點像是被流放，漂流在某種接近世界盡頭的地方。

食物經過我的身體，消耗離開；知識經過我的身體，消耗離開，我不確定自己還能不能記憶，不確定到底還記得多少。時間經過我，我注視著教室大鐘的時時刻刻，偶爾想起散落的切面，我想起學姐，想起她的溫暖，想起她的觸感，想起她的聲音，想起我們曾經誠實地在對方面前，展開自己的深刻。但時間經過我，在必須做出選擇的時刻，我是做出選擇的人，我是無能為力卻看似擁有主導權的人，時間抓住我的手，逼迫我扣下扳機，那些經過，終究都導向離開。

唯一能做的，就是念書。記憶背棄我，如同我在某種程度上背棄學姐，我翻開課本，不斷抄寫，只要不是徒勞無功，我就還願意努力。只要能夠考上同一所大學，只要能夠繼續生活在同個區塊，如同抓住一張絕無僅有的最後入場券，我就得到進入那個世界的機會。至少當時我是這樣認為的。

那些週末，不去學校自習的日子，小旻偶爾約我去星巴克念書，我們往往在附近吃一頓非常飽足的早餐，然後我用這天僅剩的餐費，點杯足以坐一天的咖啡，偶爾走出大門伸展筋骨，快速吃點麵包或是生煎包。

我們總是占據三樓窗邊的位置，一方面是小旻喜歡窗邊，一方面是，在我開始軟弱、開始想要放棄的時候，只要向窗外看，就可以看到校門。我想像寬廣的椰林大道上，也許她們正騎車經過，準備前往圖書館，準備回到她們的家。我想要的世界就在對岸。

我抓住這個希望，日以繼夜地讀書，睡得很淺，常在淩晨兩三點醒來，乾脆起床讀書到天亮，換好衣服搭首班公車去上學，如果校門還沒開，就爬進去，不過我的身手比小高一時期俐落許多，不需要被救援，不需要什麼好心的提醒，我總是一鼓作氣地翻進去，完美落地。

身體都記得，經歷過的體驗過的，記憶一時無法提出，但身體都記得。

高中生活的終結，畢業典禮，教室裡的畢冊簽名接力，拍照，小禮物，依照學年魚貫進入禮堂。不需要頻頻回顧，因為知道觀眾席裡沒有為我而來的人。散場，人潮擁擠，我往外走，看見學姐抱著一隻大玩偶站在禮堂大門外，不確定她有沒有看到我，不確定她是不是獨自一人，我往回走，排開人潮往回走，我覺得雙腳發軟，隨時有跌倒的可能，我回到禮堂，在角落坐下。

「妳不回教室嗎？」小旻拿著幾枝向日葵。

「她在門口。」我說。

「給妳一枝。」小旻遞一枝向日葵給我。「遲早要出去的，走吧，我陪妳。」

我們往外移動，人潮有散去的趨勢，但是門口還有一堆人在照相，從十公尺外就能看見學姐，依舊抱著玩偶，試圖從人群裡辨識出什麼。

「還是等一下好了。」我停住腳步。

「我會保護妳的。」小旻說，她握住我的手，拉著我往前走。

我們走出大門，感覺陽光刺眼，然後我低頭閃躲光線，跟著小旻牽引的方向走。

我感覺到視線。如果我的後腦勺是標靶，在那天想必萬箭穿射。小旻牽著我的手，手勢溫柔強硬，非常絕對，非常刻不容緩。於是我繼續前進，即使步伐軟弱，也要繼續前進，直到抵達她們的世界。

/22

整個暑假，我陷入漫長的冬眠。

最後一科都考完的那天，我拒絕小旻阿青的聚餐邀約，直接回家，連衣服都來不及換，直接跌入永無止盡的睡眠，醒來已經是隔天傍晚，簡單吃點東西，沖澡，又躺回床鋪睡覺，幾個月來的讀書衝刺已經耗盡我的所有力氣。過去的幾個月是一場長泳，在驚濤駭浪下橫渡不知名海峽，好不容易到達彼岸，我只想停在這個點上。

近似於行屍走肉，我睡過去十來天，生理時鐘被完全打亂，分不清楚天色是白天還是晚上。然後有一天，我在早晨六點醒來，從裡到外，完全清醒，感覺回來了，那是痛。劇烈疼痛，從遙遠的宇宙之外的彼方猛烈朝心口投擲利器，加上重力加速度，貫穿妳的整個身體與心智，封閉的堅殼終於潰敗，所有感官在瞬間打開，封印解除，突然我想起妳的臉，突然我全部感覺到。

對我來說，這才是失戀的最開始。

畢業典禮會場外見到的學姐，對當時的我來說是虛構是偽物，即使具備殺傷力，也是被削弱過的。而此時此刻的感覺，再真實不過，疼痛到難以忍受。

放榜的早晨，我的手機響了。隨我一起沉睡許久的手機，在床頭發出愉快的旋律。

「妳查榜單了嗎？」是小莫的聲音。

「唔？」睡得迷迷糊糊，我無意識地回答。

「還在睡嗎？實在忍不住想打給妳，我查過榜單了！妳要繼續當我學妹了！」

就是這句話讓我瞬間清醒，我考上了嗎？

我用力捏自己的腿，似乎有痛感，應該不是夢。

「有聽到我說的嗎？」小莫說。
「有。」
「沒事啦，太興奮了想恭喜妳。好久沒見到妳，約一下？」
「嗯，好。」
「妳說的喔，那先這樣。還有，找一天帶妳去買腳踏車。」
「好。」
「好，要接我電話，再見。」
「再見。」

小莫掛斷後，我還握住手機好一陣子，嘟嘟聲結束後，只剩下空白。太沒有真實感，我走出房間，屋子裡一片安靜，我換上T-shirt牛仔褲，去附近的便利商店買報紙，找一間早餐店坐下。在黑壓壓的姓名組合中，我找到自己的名字，好像只剩下這個東西可以證明我的存在了。我大口吃下漢堡蛋，無法壓抑地哭了出來。

「只剩下我跟妳了。」榜單上的鉛字印刷對我說。

「改天來貓空喝茶吧。」小旻對我說。

6號跟她同校不同系所，阿青則考得不如預期。

天氣很好的夏天，小旻一早把我約出門，說要去踏青。說是踏青，也只不過去公館逛街吃小吃，在校園裡漫無目的地走。

「妳會參加社團嗎？」

「我不知道欸。」

「妳才不會。」小旻說。

其實還不太有說話的能力，大概有百分之四十的我，還陷在某種類似休眠程式的狀態中，我們只是有一搭沒一搭地聊。

「有種海闊天空的感覺。」

天氣真的很好，我們躲避太陽，在不知名建築物旁的樹下休息，小旻乾脆地張開雙臂，往後倒在草地上，順手把我往下拉。

「終於都結束了！」小旻說。

「是啊。」

天空湛藍刺眼，草葉穿過棉質衣服抵住我的背脊。

「為什麼是學姐？」小旻坐起身，俯視著我。

「她做對了什麼事？」小旻再問，我無法回答。

「妳振作一點好不好！」小旻呼出一口氣，躺回草皮，「新的開始，妳要張大眼睛看看四周，妳想想，大一新生，聽起來就充滿無限可能，而且學校這麼大，別的科系那麼多，學校裡有那麼多的學姐在等著妳欸。」

我笑了出來。

「很好很好，會笑就好。」然後她拍拍我的手掌，停留了幾秒才拿開。

暑假的盡頭，夏天還留有餘威，我拿到新世界的入場券。關於嶄新的世界，只能前進不能後退，到底會到達哪裡呢？我已經沒有思考的力氣，學姐的簡訊始終躺在收件匣，總是滿溢關心，總是噓寒問暖，總是令人感覺軟弱，我一封都沒有回。

有一天凌晨，手機螢幕的冷光忽然亮起，照耀全黑的房間，房間被映照成藍色，我想起深海的魚類，想起那個在地震來襲時破裂的水族缸，我想起，有個曾經留給我的房間。從深海投遞而至的訊息說：

可不可以重新開始？

我翻來覆去看了許多次，把手機關機，又打開，始終是那幾個字。

「可不可以重新開始？」在高中的泳池畔，我曾經那樣問過，當時到底有沒有得到確定的答案呢，我已經不太記得了。

我把手機再次打開，裡面有好多封來自學姐的訊息，夾雜幾封小莫的，幾封小旻的，幾封阿青的。然後我選取，將它們全部刪除。

/23

/

風暴般的日子。如果把開學一個月內我的內心活動影片化，看到的應該是連續三十天的雜訊，像是沒有第四臺的電視螢幕。

我們住了十幾年的老家在父親名下，離婚後，他想完全移居中國，將這間從爺爺那裡繼承來的公寓賣掉。同一年暑假，經營工廠的阿姨需要熟人協助管理，詢問我媽有沒有回家鄉的意願。她擔心的只有我，我要她別擔心，我可以自己照顧自己，她要做自己想做的事。

要做一個快樂的單身女子。隔年的母親節卡片我寫下這句。

以家庭之名，我們如往常前去熟識的餐廳，父親殷切地點下過多的菜色，他甚至忘記我媽對海鮮過敏的事實，選擇大量的蝦蟹料理。我與媽媽互看了一眼，沒有點破他，只是忽視那些菜餚。對於我選的科系，由於太不實用，父親短暫地發怒以表現出父親的責任，但在下一道菜端上來後便消散。與其說是家庭聚餐，更像一場沒有抽獎的尾牙，每分每秒都度日如年。

大學的日子與高中截然不同，即使連續一星期沒有出現在學校，我想也不會有人發現，只要不遇到點名或是分組，蹺課的頻率可以依照個人的幸運度來制定。大一的夏天過去，我避開系上所有的活動，把自己安放進可以存活的最小空間，像是摺疊練習，嵌進日常與日常的縫隙。如無必要，不開口說話。

某堂必修課，旁邊的同學跟別人說，她想要搬離宿舍，要對方幫她問問有沒有人想找宿舍。我想不起她的名字，但是我轉過頭，簡單說明我其實想找宿舍，五分鐘內迅速成交。

我決定搬至宿舍，而母親準備南遷，與阿姨同住。她留了一筆錢給我當緊急備用金，老家雖然不斷會有仲介帶看，我仍可繼續待上幾個月，但我不想。九月中的清晨，我目送那臺載著母親、裝滿家當的小發財車開遠，家中變得異常空曠，屬於我的物品，除去高中應考書目，幾乎可以完全裝進一只大行李箱。離家前的早晨，我找出有著厚厚灰塵的金紙桶，打開廚房的抽油煙機，以瓦斯爐生火，一頁一頁地，一本一本地，燒掉所有的高中課本。

黑戶，通常大家是這麼稱呼的。某種名不正言不順，某種局外。

我與新室友打過招呼，討論彼此的科系，閒聊目前的大學心得，認真地聽對方說話，真心地微笑，在那幾分鐘內，我發覺自己在某種層面上，原來可以修復。原來是可以往前一點點的，即使是匍匐前進。

接下來的幾個小時，我去郵局提款機確認戶頭餘額，去學校福利社採買臉盆、沐浴乳、洗髮乳、香皂、毛巾、洗面乳、牙刷、牙膏，床墊缺貨，幸好還有薄被跟枕頭，寫下新的購物清單，再徒步來回搬運。走去大道盡頭的圖書館，借出幾本也許報告會用到的延伸閱讀書籍，跨越馬路去學校對面那間地下室的書店，採購早就該買好的書，入夜我才覺得餓且渴，回到位於校區內二樓的摩斯漢堡，點餐進食，在一個冷氣不過強的角落，坐下來開始記帳。從手寫一個數字開始，從在筆記本寫下自己的名字開始，從小小的地方，從邊緣慢慢癒合。

遇到空堂，小旻偶爾坐公車來找我，我還沒有買腳踏車，也沒有機車。很多時候我們走路，沿著校區對面的巷弄，翻來覆去，踏過許多小店與死巷，如同繞著城市的肚腸，有時候走到夜市，吃飽喝足再踏上回程，最後我陪她去等公車回學校。後來我搬進宿舍，找到在咖啡館的打工，宿舍前的階梯就成為小旻最常出沒的地方，她知道我的班表與習慣，偶爾在上班前逮住我，一起走上一段路，或者乾脆留在店裡讀書。

下班後我會陪她去坐車，日子在相互等待裡安靜地經過，我感覺到身體裡的刻度在移動，每天都微微地傾向於更好的方向。大一必修的下課時間，我在走廊遇見小莫。嚴格來說，不是遇見，小莫是特地來找我的，她說已經來過幾次課堂，但是都沒找到人。

「最近很忙噢，都不接電話的。」小莫笑著說，話語裡沒有責備的意思。

「對啊，事情很多。」

「妳是不是在學校附近的咖啡店打工？我有天經過看到一個很像妳的人。」

「應該是吧。」

「開始學煮咖啡了嗎？」

「沒有，還在洗杯子。」

「那妳跳槽來我店裡，我一對一教學！」

「沒關係啦，店長有說過陣子就要教我。」

「隨時來找我，店很近。」

「好。」

小莫的店就在隔壁巷子的尾巴，我當然知道，而且避免經過。

「妳可能沒空來，或者是我去找妳好嗎？」在我遲疑的空檔，小莫補充：「店裡只有我。」

我點頭。上課鐘響起，她立即緊繃起來，做出預備衝刺的動作。

「我先走了，這堂課不能遲到！有任何事妳都可以來找我，沒事也可以來，打電話也行。」她跑著離開，背包隨著她的步伐規律甩動。

我看著她的背影，閃閃發亮生氣勃勃的小莫，大家眼裡親愛的小莫，我轉身走進教室。

維持遠距離感情大不易，阿青從臺南殺回臺北，要為6號慶生，順道約我跟小旻結伴。

「大學生一定要夜唱一下的。」阿青堅持，不顧我們隔天都還要上課，好樂迪木柵店硬生生加入行程。

如果妳有夜唱過，妳就會知道那短短幾個小時內，可以帶來多大的起承轉合，友伴們又是如何從一開始的興奮，演變到最後的互推麥克風，以至於在包廂裡東倒西歪。阿青從外面的便利商店夾帶了幾罐啤酒，她的酒量大約只有養樂多的容量，才過午夜，她就差不多醉了，阻止不了她繼續喝，我只能不斷地在她杯子裡偷加酸梅，希望情況能有所改善。

等到阿青酒醒，歡唱時間也差不多結束，我們步出建築，剛好迎上秋日清晨的寒風，天還是灰的，首班公車看來遙遙無期。

6號打斷阿青要去吃早餐的要求，提議大家先回女生宿舍休息。

我們拖著沉重的步伐跟眼皮走回學校。沿途非常安靜，路燈打在路面，四人手勾手走在馬路中間，幾乎睡了整夜的阿青意猶未盡，小聲地哼起〈溫柔〉，我們輕聲加入合唱。

這是我的溫柔。這是我的溫柔。這是我的，溫柔。

/24

分類帽，電影《哈利波特》裡那頂老成的帽子，或者是博爾薩利諾帽測驗。每當認識一個新的人，我就能夠瞬間把對方分進朋友的格子，然後就待在那裡一生一世，沒有流動的可能。這個分類機制會永遠正確嗎？

夜唱之後的清晨，走完長長的路，我暫住小旻的宿舍，並不醉，只覺得疲憊。她的室友們都睡了，她安靜地搜出要借我的睡衣褲，拿出裝好沐浴乳洗髮精洗面乳的小提籃，遞給我嶄新的牙刷毛巾紙內褲。

「常常有人來這邊住喔，感覺好專業。」站在走廊上，我只能將東西抱滿懷。

「從來沒有。」小旻瞬間反駁，「剛好都兩個一組的賣。」

我沒有接話，注意到小旻大概喝醉了，臉頰泛著紅暈。

早晨的浴室空無一人，我們選了相鄰的兩間，實在是筋疲力盡，也沒有多餘的力氣聊天，無聲地從隔間上方傳遞洗髮精與沐浴乳，站在走廊盡頭的洗手臺前，我們並肩，臉色蒼白地刷牙。天已經大亮，我滿嘴泡泡，鏡子裡的小旻也是。

這種日常生活的景象像是從遠方投擲的石頭，忽然砸中我身體中的某種按鈕，我低頭漱口，掩蓋掉閃過的哭泣念頭，緩慢地吹乾頭髮，希望熱風能把淚水烘乾。我們拖著步伐沿著走廊回去，最後爬上床鋪的樓梯。跟我的宿舍房間差不多大小的床鋪，比單人床再寬一些，為了防止墜落，床沿有木製護欄。小旻先爬上去，將床上的雜物略做整理。

「妳要睡裡面還是外面？」小旻問。

「可以睡裡面嗎？我習慣靠牆睡。」

「好啊。」她拍拍枕頭，將枕頭往裡放些。

有人的鬧鐘響起，又被用力關掉，我幾乎是屏息著等那聲響回復平靜。

「那早安。」小旻輕聲說。

「早安。」我也小聲地回答。

只有一條棉被，通過細微的挪移，我們都清楚，我們正在避免碰觸到對方的身體，但是在此時此刻，小旻跟我奇特地擁有一致的氣味，這個念頭才生成，睡眠就像網一樣降下，將我層層包圍，我沒有細想。

似乎有個小小的結界被打破了。如果在對方學校待得太晚，留宿成為我們之間自然而然的習慣。我們一起吃飯，偶爾陪對方上課，散步，談天，有時候甚至不說話，就在小小的空間裡各據一方，讀書寫字使用電腦，不特別覺得黏膩，也不覺得負擔。

為了打工及上課的便利，我在福利社買了腳踏車，不是特殊款式，也沒有變速，實用是我唯一要求。為了偶爾來訪的小旻，我在後座加裝舒適的軟墊，還有火箭筒。跟系上同學比較熟之後，總有人開玩笑地要招我的車坐。藍色的加裝有前籃的無變速淑女車，陪伴我三年多的大學歲月。我仍舊記得，在大四那年的平安夜，我將它停置路邊忘記上鎖，從此一去不返。人們常常忽略得到，但對於失去，永遠銘記在心。

/25

大約是愛情。

儘管最開始我們總給它不同的名字，以為那是友情的衍生物，以為此路不通，我們避開，我們隱晦，在每個緊要關頭繞路而行。小旻陪伴我走過生命裡的眾多動蕩，她維持一貫的穩定平靜，像是海岸邊的一盞小燈。

我沒有加入浪達社，小旻跟奇娃社保持良好關係。如果在圖書館借出同志相關議題的書籍，她會開玩笑地夾進一些紙條，向傳說中的奇娃游擊隊致敬。有次社聚約在地下室的踢吧，她找我同行，說是有很多可愛的學姐。

進場需要驗明身分證，確認年齡，還要確認是生理女性，眾人排成長長的一列。坐進比想像中小的包廂，大家擠成一團，有種奇特的親密感。跟想像不符的還有我的酒量，我醉得太快，整晚鎮守眾人的包包山。隔壁的人在慶生，蛋糕點滿二十根小蠟燭，壽星在友人的慫恿下前來搭訕，我還在猶豫要不要交換電話，小旻恰好回座，以我喝醉為由切斷對話。

忙碌的總是我，小旻跑來找我的日子占大多數，往返宿舍和咖啡店，我常常載著她四處晃蕩。可能是從錯誤的床鋪那邊起床，偶爾我的腳踏車會遇見小莫的腳踏車，當然我們都載著人。即使在寬闊的大道上，那樣的錯身，也會讓妳感覺到空間的擠壓逼仄，瞬間喘不過氣。整座椰林大道被瞬間擠壓成一條小徑。更不平順的狀況終於發生，我們在某兩棟教室中間的捷徑狹路相逢，必須貼身經過的距離，小旻安坐在座墊上，學姐站在小莫後座的火箭筒上，以各種層面來說都是高高在上的姿態。

小莫說：嗨。我回答：嗨。

學姐還沒說話，我加速踩踏通過。

這樣的遇見帶來好幾天的沉默，不知道是由我發動，或是小旻，某種微妙的平衡在傾斜，我們沉默地注視，等待坍塌。

我傳簡訊，問說：一起吃飯嗎？

小旻回：可能不行。

我又傳：今天有空嗎？

小旻回：應該沒有。

不管加了多婉轉的詞彙在前方修飾，拒絕就是拒絕。我調換打工的時間，算好小旻的課表，想在下課後碰面。我走錯教室，誤會傳播概論就該在傳播學院上，兜兜轉轉問到正確的上課教室，幸好還趕得上第二堂課，我偷偷探頭向內看，一排排掃過去，沒有小旻。

我傳簡訊，問：妳在哪裡？

回：上課。

我又問：傳播概論？

回：是。

下課時間我站在外頭，看著學生三三兩兩地走出教室，直到教室變回一個空蕩的盒子，黑板上還有殘留的粉筆字，我看著那些痕跡，考慮要不要幫她抄筆記，像是她偶爾陪我上課時候會做的。我坐下，快速抄寫那些字句，成為最後一個離開這裡的人，關上燈。

我走出建築物，站在路邊打電話，小旻沒有接。還來不及傳簡訊，手機沒電了，只能漫無目的地坐在臺階，想起今天還沒有吃過東西，竟然也不太餓，我打算去小旻的宿舍留下筆記就走。正好看到她跟一個女生並肩走出來，手上只拿著錢包，看起來要去吃飯。

我無路可退，下意識大步往回走，往校外去又怕撞見，我轉往操場的方向，一圈又一圈地走，想把混亂感留在腳步後頭。如果一直原地繞圈，竟然會產生向前邁進的假象。也大概是那段時間，我開始收到學姐的來信，寄到以我學號為開頭，每個學生都必須有一個的電子信箱。我沒有回，但是那些信件，還是不斷地寄來。

不是紙條，不是手寫，沒有實感，可以在一個按鍵下刪除，銷毀容易，但是存在感始終非常強烈。

「我很抱歉，可不可以重新開始？」

第一封信是這樣說的，甚至沒有署名。我知道是妳。

應該要有一條新的路被展開，我這麼想。即使需要徒手造出一條道路，也必須要更改路徑，才能夠避免糾纏，避開持續不斷的混亂。在還沒有誰正式離開誰之前，我最先失去的是睡眠，在那些困擾於睡眠與惡夢的日子，偶爾我換上運動褲，到學校操場不斷地走，人們或走或跑，以同一方向，我常常跟人們保持距離，逆向而行，這是我對世界的小小惡意。

/26

/

我想見妳。

簡單的四個字，是箭矢，從遠方穿刺過來，寄件時間是淩晨三點零二分。我想像著學姐在漆黑的小房間裡，緩慢敲打下這幾個字的姿勢，書桌旁的小黃燈也許亮著，也許沒有，我想像著螢幕的光亮反射在她的側臉，想像她眼睛承受的光線折射，想像她瞳孔裡的亮點。

我想見妳。這幾個字反覆在我腦海複製，貼上。

我想跟妳談談。有時候句子會比較長些。

說來可笑，我始終無法面對學姐與小莫的關係，她們怎麼樣我都可以接受，但我就是不想知道。對於小莫，我總是存在一種偏袒，如果有憤怒的情緒，尖刺不會對著小莫，我總是針對學姐。是這樣的吧，人總是花最多力氣在傷害自己愛的人。那些簡訊，我沒有回覆，但也沒有刪除，它們就整齊地排在信件匣，等待隨時被檢閱，被確認存在。再努力去防禦，人心不免有缺漏，有那樣的晚上，手機響了，是學姐，我接了起來，我剛好處在一個很需要與特定的人說話的時刻，處在一個脆弱的間隙。

學姐沒有說話，背景有音樂，我專心聽著，那聲音唱：

「天的盡頭是海／潮水覆蓋雙眼／
記憶／留下微弱的聲音——」

遙遠的記憶如潮水拍打過來，我想起高三那年，她們家的大餐桌，小莫喜歡雷光夏，客廳常常播放這張專輯，從她家搬來的舊音響有點問題，如果播到〈老夏天〉，小莫會勤勞地走來走去，讓這首歌反覆播放。

「人們說話漸漸慢了下來／時間永遠不會往前／
靜止在憂鬱但清澈的雙眼……」

那聲音跟慣聽的不大一樣，聽起來有空間的環繞，我幾乎可以想像在某個極度安靜的現場，學姐拿出手機撥號的樣子。我幾乎可以聞到那些午後小莫端來的咖啡香味，那些我努力想要跨越的遺忘的美好歲月。我不想聽完這首歌，我掛上電話，將手機關機，丟進書桌抽屜。

我開始跟隨小旻的課表上課，坐在教室後方最靠近出口的位置，抄筆記，偶爾含糊地代點名，我知道小旻正在戀愛，至少快要陷入戀愛。某種變形的大風吹遊戲，沒有位置坐的人，在感情裡無處容身的人，輪流接力。難以說明原因，但我開始勤於上課，失眠的凌晨，我在宿舍的燈下，整理自己課堂上的，以及小旻課堂上的筆記，隔日投遞至她的宿舍信箱，準確有效率。

我們的關係是節拍錯亂的雙人舞，動不動就被外借舞伴。

幾個星期後的午夜，小旻才出現在我打工咖啡店的陽臺座位區，那天寒流來襲，外頭空無一人，我和同事在準備打烊。她安安靜靜坐下，像一隻失而復返的貓，我重新開啟咖啡機，煮熱巧克力，加了過量的棉花糖，端到她面前。她的鼻頭凍得紅紅的。

「好冷欸。」她說。

「快好了，等我一下。」我說。

「好。」她說。

有些人擅長偽裝，有些人的強項是等待。

檢查完門窗，鎖好店門，我在車陣中找出腳踏車，小旻坐上她的專屬座墊，好像什麼都沒有改變。

「我上星期跟學妹分手了。」從椰林大道轉進宿舍前的小路，她突然出聲。看不見她的表情，但我知道她在哭泣。

「要停下來聊一聊嗎？」我問。

「妳繼續騎，我不想要妳看見我哭。」她伸手環抱住我。隔著厚重的外套，還是可以感覺到溫熱。

是非常安靜非常壓抑的那種哭法，我默默踩著踏板，持續感覺到後座的重量，有種詭異的安心。我在校園裡兜圈子，在舟山路上來來回回，她的眼淚隔著外套慢慢滲透，我等待她的下個指示。直到眼淚被收乾，背上長出潮溼的印記，我們騎車返回宿舍，不知道是寒風，還是因為哭過，她的鼻頭還是紅紅的。我拉拉她的外套，想辨認保暖程度，小旻無聲地擁抱我。

「沒事了，有我在。」我在她耳邊說，也對自己說。

/27

懷疑愛，懷疑愛人的能力。

淹沒在龐大的自我懷疑，尤其是有人全心全意愛著妳的時候，只能小心翼翼地觀察，仿造練習，練習去愛人。

邁向新學期，小旻沒有抽到宿舍，我也想終止黑戶生涯，再三討論後，我們決定搬出來同住。在預算範圍內，幸運地找到一間頂樓加蓋的大套房，說是套房，其實也就是一個長方形倒扣的水泥盒子，大小約八張雙人床墊，附老舊冷氣，此外別無其他。在課堂及打工的空檔逛 IKEA 和各大賣場，成為我們最愉快的時光之一，屋子裡什麼都沒有，從床墊到被單都是新的，新的書桌，新的衣櫃，新的鞋架，新的水壺，新的對杯，回想起來，一切都陽春得不得了，一切都想辦法控制在預算內，一切都平凡無奇，一切都嶄新無瑕，一切都美好得讓人心痛。

我們努力擴展版圖，我對「生活」沒有概念，這大概跟貧乏的家庭生活有關。有的人擁有充足的物質生活，有的人擁有充足的精神生活，前者可以辨識精品美食，認出各種名牌；後者能夠瞬間辨認某首古典音樂，在言談中動用哲學文學名句，有人兩者兼備，當然還有某種中庸的區間。

小旻擺設盆栽，找出風景照片貼在空白的牆面，為家具的放置找出最好的動線，思考床單的配色，而且耐心跟我討論，原本空蕩蕩的屋子，一步步轉變成我們的家。常常我惡夢纏身，半夜醒來面對自己從小到大成長的房間，卻只覺得慌張，究竟我是不是一個錯誤的孩子，跟父母想像中背道而馳的存在。是不是他們真正的孩子，其實在某段成長的過程中，在兒時玩耍的公園、在幼稚園、在邁入青春期的時刻，神不知鬼不覺地被置換掉了。現在、此刻的我，只是個神似的複製品，是個怪物。那些慌亂有其源頭，但當時的我太過年輕，還沒有能力去追溯。畢竟我連自己的本質都一併抵抗著，只能倚賴切割，倚賴距離，將自己放在遠一點的位置，避免父母的，尤其是母親的目光。

搬進宿舍的時候偶爾也這樣覺得，直到住進我的第一間套房，與小旻同住的套房，開始覺得安全，可以伸展出自己想要的樣子。起初只有一張床墊，深藍色被單枕頭套，還有九十九元貝殼形狀小夜燈，房間裡有尚未開封完全的紙箱，沐浴乳洗髮精洗面乳都是雙方同意的氣味，漱口杯裡有兩支牙刷。正式入住的那天，掃除都告一段落，我們累癱在床上，各自平躺著，握緊對方的手，宛如海上漂流，沉沉睡去。

媽媽資助加上打工的存款，我買了摩托車，方便通勤，也能夠載小旻去上學，我們密切地生活，知悉對方的各種喜好細節，許多時刻讓我覺得惶恐，愈是明白擁有的美好，愈是擔心失去。在某些一閃即逝的片刻，我想起學姐，想起她們的家。我會大口喝水，沖淡那些片段。

順序是一件非常不公平的事情，就像初戀總是占據重要地位，第一次碰上的愛情絕對刻骨銘心，因為還無從比較，地位難免節節升高。第二次戀愛，會不會常常成為犧牲打？是不是要等到第三次，愛人的能力才會開始熟練，過往的陰影才會漸漸退散？

我持續收到來自學姐的簡訊或 e-mail。有次阿青特地來學校找我，我們約在大門附近的肯德基，午餐時間人多擁擠，我先上樓找座位，阿青負責點餐。我在三樓大片落地窗前找到座位，阿青端著一大盤炸雞薯條，表情有點異樣。

「妳剛剛有遇到人嗎？」阿青問。

「誰？」

「小莫跟妳的學姐在二樓。」

「二樓哪裡？」

阿青伸出食指，指向我們座位的正下方。

「要打包嗎？」

「不用啦。」

「妳們還是在冷戰嗎？」

我不知道該如何回答，關於生活中荒謬的切面。如果小旻趕得上這場聚餐，又正好站在馬路的對面抬頭看，會不會透過玻璃，看見二樓三樓的我們？我想知道她會做何反應。

那天晚上，坐在新家的書桌前，我登入自己的電子信箱，收到一封剛寄出的見面試探。

「好啊，我帶女朋友一起，妳帶小莫，double date ：）」

出自一種接近殘忍的念頭，我回覆，並且在句末加上笑臉。我看著自己打出的字塊發呆，按下傳送，一口氣鑽進被窩。小旻在半夢半醒中向我靠近，我輕輕抱住她，撥開她額頭上有點凌亂的頭髮，親吻她和中途的夢。

/28

四人遊，所謂 double date。

在小莫的強烈請求下，我們約在圓山兒童育樂中心，選了大家都有空堂的星期三，時間是下午兩點。我跟小旻準時抵達，她們已經買好入場券在門口等候，手上提著好幾個袋子。見面的瞬間，有一股化不開的尷尬，沒有人開口，每個人都努力地想擠出一些友善的句子，又怕說錯話，語言就在齒縫間早一步散失了。

小莫輕碰學姐的手臂，一個暗號，學姐如同機器人，僵硬地伸出手，向我跟小旻遞出紙袋，位置停在某個不遠不近的中間。我們不得不放開牽著的手，我接過紙袋，裡面是兩杯星冰樂。

「我買了妳喜歡的口味，不知道小旻喜歡什麼，就買一樣的。」學姐說。

「謝謝。」小旻回答得有點太快，似乎打斷了學姐的話。

句子於是停在這裡，又是一片沉默。小莫催促，「快喝吧！不然要融化了！」

我拿出飲品，撕開封口膠帶，乾脆地戳進冰沙深處。

小莫拍拍身上的側背包說，「還有蛋糕跟餅乾噢，等下再發。」

接著小莫一一分發入場券，她就像帶團的大姊姊，只差沒有拿在手上的小旗子。我們一個接一個，走進樂園。平日的下午沒有人潮，園區內空空蕩蕩，小莫筆直地衝向前，買好一疊厚厚的遊樂券，分了一半塞到我手上。

「晚點來算錢。」

「是我說要來這裡玩的！哪有妳們出錢的道理。」小莫說，「咖啡杯，我要玩咖啡杯。」小莫一邊嚷著一邊小跑步，把我們丟在後頭。

她有點太雀躍了，跟平常不太一樣，我下意識地看向學姐。

「遊樂園啊！」學姐低聲說，並不特別在意小莫的舉動，看向另一個方向。我順著她的視線看，那是摩天輪。

「妳沒來過這裡嗎？」我脫口而出，她收回視線，從某種朦朧不可知，重新投射到我的臉上。

「對啊。」她簡短回答，這幾乎是一年多來我們的第一次交談，「很奇怪嗎？我跟她都只去過迪士尼、環球影城之類的，來臺灣的遊樂園玩，這還是第一次。」

「會覺得失望嗎？」我問。

「我覺得小小的很可愛。」她看著我說，帶著某種誠摯的小動物神情。

小莫朝著我們大喊，我們快步向前，小旻從後頭牽上我的手。她剛剛一定是用這隻手握過冰沙，她的手指潮濕冰涼，我嚇了一跳。

「妳還好嗎？」我轉頭問她。

「沒有什麼不好的。」小旻說。

我們一人選了一只咖啡杯，機器開動，小莫用力地轉動，臉上有藏不住的興奮，像個孩子，學姐也是，我乘隙偷看小旻，小旻的側臉有點嚴肅。然後我們四人都開始團團轉。

「轉太猛，有點想吐。」走下杯子，小莫扶著旁邊的柵欄，表情痛苦。

「妳不能再玩這些了，對身體不好。」學姐帶著責備的神情說。

「沒關係，等等就沒事。還是來吃個點心？」小莫打開包包，拿出餅乾，「啊，蛋糕垮掉了！」

「妳還是休息一下啦。」我說。

我們坐在樹下的四人座位，交換碎裂的餅乾和失去邊緣的蛋糕。我不時偷看小旻，她今天比平常安靜。我輕輕碰觸她的手，希望可以帶來安撫的效果。

「等下去坐摩天輪好不好？」我問小旻。
「我要跟妳一起坐。」小旻說。
「當然是啊。」我說。
「那我也要跟小旻一起坐。」小莫插話。
「好像不能同時坐那麼多人，會掉下來的。」我說。
「那就坐兩次吧！」小莫把手上的遊樂券展開，很驕傲地對自己搧風。「所以第二次，我要跟小旻坐。」

我跟學姐意識到了什麼，看向對方。

「還有好多東西想玩呢。」小莫滿意地笑說。

/29

當我們的座艙轉到最高處，幾乎可以俯瞰這個小巧的兒童樂園，小旻突然站了起來，座艙失去平衡，產生不小的搖晃。她猶豫，坐回原本的座位，握住我的手。

「怎麼了？」我問。

「只是想坐在妳旁邊。」

座艙離開頂點，緩慢往下移動。

「就快要到了。」我說。

「說妳永遠都不會離開我。」小旻低著頭說。

「欸，怎麼了。」

「如果真的有那天，至少答應我，要誠實。妳可以傷害我，但是不要騙我。」

「我答應妳。」

「我知道學姐對妳很重要。」她接著說，眼淚啪嗒地滴在膝蓋上。

「妳對我也很重要。」我說。

小旻抬起頭看著我，眼裡除了淚光，還有些異樣的視線在閃動。

如果這是某種情境式節目，此時一定會響起大大的錯誤警鈴。我說錯話了，直到幾個月後某次難得的爭吵我才意識到。感情不是文法，沒有比較級，更沒有最高級，重點是獨一無二。絕對、徹底、壓倒性地獨占。

摩天輪繼續轉動，我們抵達原點。

「不好意思，我們要再坐一次。」小莫對著工作人員說，轉身對小旻招招手。

「小旻！可不可以跟妳一起？」

小旻露出笑臉，走了過去，她的鼻頭還有一點紅紅的。她們走進紅色座艙，我跟學姐坐上下一個。不遠處傳來笑聲，小莫真的很懂得逗人開心。我很努力看著窗外的風景，假裝那非常吸引。

「妳就打算永遠不跟我說話？」學姐一個字一個字慢慢地說，那些字也就一一地傳過來，她說的每個字都是子彈，帶有殺傷力。

我順著話聲轉頭，恰好對到學姐氣勢淩人的表情，不知為何讓我心虛，我繼續看向窗外。

「不知道。」我說，「如果可以的話。」

「妳沒給過我解釋的機會。」

「我不想聽，應該是說，我不敢聽。」

「我想讓妳知道，我很想妳。」學姐說。

我感覺到某種浪潮，一瞬間拍打過來，一時之間像是溺水，難以呼吸，手腳都輕微地在發抖。我想辦法分散注意力，想辦法忽略學姐就坐在我對面這個事實。摩天輪緩慢轉動，還剩下大半圈。

「可不可以再給我一次機會？」

「我不懂妳的意思。」我低聲說，壓掉聲音裡的不自在。

「我們重新開始好不好？」學姐說，「我想了很多，想了很久，我會改，我會對妳好一點。」

「妳已經對我很好了。」

「沒有，不夠好。妳再給我一次機會，拜託妳。」學姐說。

我不敢看她的表情，只能瞥見她交握得太緊、微微發紅的手指。

「妳還有小莫。」我說。

「小莫是我的家人。」學姐說，「我不能失去妳。」

我幾乎可以聽見自己的心跳，隆隆響在耳際，時間被延長得不成比例。

「沒有什麼失不失去，對我來說，妳們都是我的家人。」我說。

接下來是碰碰車，所有人撞成一團。小旻沒來由地殺氣騰騰，見人就撞，嚇壞了恰好來校外教學的一大群小學生。大概是種錯覺，學姐的車緊咬著我不放，在場內的大部分時間，我們都只是在空轉。在一前一後的旋轉木馬上，我盯著學姐的後腦勺，好適時地在她回頭的時候，閃躲她的視線。這天就要結束了，都要結束了。我這樣想。

我們一起搭捷運，在車廂中坐在鄰近的座位。下午曬了太多的陽光，花去不成比例的心力，我們三人都陷入沉默，小莫打著瞌睡。我們在公館下車，找了地方吃簡餐，說好改日去小莫學姐家裡玩。我們揮手告別，準備兵分二路。

「可不可以抱一下？」學姐說。

我不由自主地看向小旻，她的表情沒有變化。

「好啦，大家都抱一下。」小莫張開雙臂，抱了我，抱了小旻。

在這樣的掩護和排列組合下，學姐和我短暫地擁抱。不，那算不上擁抱，充其量只是擦身而過的碰撞。

/30

/

沿著校區外的紅磚道走，沿著長長的鐵欄杆，左手邊是燦亮的街區，速食店永遠人滿為患，小巷裡總有新開的咖啡店，右手邊是大得無邊際的校區，有些松鼠一輩子都沒離開過那裡。入學後的某個失眠夜晚，我騎車出門閒晃，沿著紅磚道走，經過交叉路口的大廈，在《鱷魚手記》裡的時空，那裡曾經有五個窗戶亮著，在這個凌晨，每個窗格裡的燈都已經被關上。

那時候福利社的二樓是摩斯，每種品項都比外面便宜五塊左右，有空堂或是懶得覓食的下午，我偶爾在摩斯打發時間，無論季節，那裡的冷氣總是過冷。那時候福利社對面還有一長排的小木屋，一層樓高的木造建築，本來是總務處信件室，因故廢置，後來成為文學院四系的系學會所在地。和系上同學混熟之後，那也是消磨時光的好去處，人們各據一方忙著手上的事，偶爾湊成一桌打起麻將。曾經有個下午，戰局正激烈，窗戶被悄悄打開，經過的人往內看，關上窗後離開，大家碰牌的節奏沒有停，直到有人胡牌，面窗而坐的人說：「剛剛開窗的人是系主任。」

沿著那條狹窄的小路走至系學會，偶爾我會遇到學姐，她常常獨自一人，我也是，真的是狹路相逢。那樣的瞬間我們常常說不出適當的言語，只能尷尬地點頭，短暫停頓之後，我們經過對方。有那樣的一個下午，我牽著腳踏車轉進學會前的小徑，發現前方有個熟悉的背影。學姐打開她的系學會大門，裡頭一片黑暗，我快步經過她，避開照面總會引起的尷尬，走進隔壁的系學會。午後很安靜，意外地沒有任何人前來，然後雨下下來了。突如其來的一場暴雨，我們之間只有單薄的木板隔間，經過了幾分鐘，隔壁傳來音樂聲。

「還有多少回憶／藏著多少祕密／在我心裡翻來覆去／什麼叫做愛情……」

陳綺貞的〈小步舞曲〉在放完一遍之後，繼續重複。雨聲加大了，音樂聲也隨之產生微妙的加強。我抱住自己的膝蓋，靠在兩個系學會之間的隔間牆，隔著那薄薄的牆板，我努力平穩住自己的呼吸，雨勢最大的那一刻，我的手機響了起來。我猶豫，而手機繼續響。我盯著螢幕的藍色冷光漸漸熄滅，我閉上眼睛，等待那片光亮的殘影在視覺裡消失，回歸一片黑暗。

聽著〈小步舞曲〉的旋律，我幾乎能夠感覺時間流逝的聲音。然後我按下回撥鍵，在我的背後，幾公分之外的距離，有手機立刻響起，還來不及反悔，手機就被接通。

「陪我去看《藍色大門》好嗎？」學姐說。

「我看過了。」我說謊。

「我也是。」她說，「我想跟妳再看一次。」

在漫長的沉默裡，雨聲不斷地用力沖刷木屋頂。

「我不想傷害小旻，不想傷害小莫。看完這場電影，我們會是朋友嗎？」我問。
「妳可以原諒我嗎？」她問。
「都是過去的事了。」我答。

她停頓了非常久，然後她說，「我們可以只是朋友。」

電影裡，林月珍偷了張士豪的原子筆、週記、面孔，施以少女的魔法，然後她要孟克柔戴上張士豪的面具。在面具之下，孟克柔假裝自己是別人，偷渡一點點自己的感情，兩個女孩終於可以跳起舞來。

/31

如果可以，讓我再召喚一次，那年夏天花蓮的海。白色泡沫拍打著她們的裙襬，她們笑，時間被永遠定格。平日下午，七星潭沒有什麼人，儘管如此，我還是坐在大家的東西旁邊，如同多少次在夜店的場景，我是專業的包包守護者。

小莫剛迷上拍照，拿著新買的單眼相機不斷地按下快門。她們的白色converse並排在旁邊，尺寸是一樣的，背包是同款式但不同顏色的jansport，包包放得很近，面對面，彷彿在進行一場密談。

我跟學姐去看了電影，沒有人知道，並沒有發生什麼大不了的事情，單純地沒有跟其他人談起。隔幾天吃飯時，小旻問起，要不要去看《藍色大門》，我想著該如何回話。小莫抬頭，眼睛如同先知澄澈，她說：「不然我們一起去看。」我們四人去看了晚場電影，一起討論劇情。那個眼神讓我確信，小莫知道，關於我們之間的所有事情，可見與不可見的，可知與未知的，小莫就是知道。

朋友是我們努力維持的距離，小莫處在某種制高點，她不說破，成為極度稱職的場控，默默拿捏與維繫。當她拿出飯店住宿卷，提出自助旅行的邀約時，誰也無法拒絕。各自改變行程，移開打工時段，我們坐清晨的火車前往花蓮，反正行李很輕便，出站後我們租了兩臺摩托車，騎往廟口紅茶買了飲料、蛋餅跟大西點，直奔七星潭。我們騎得不快，空氣溫暖而不過度炎熱，小旻在後座環抱我，學姐堅持要載小莫，以一種古怪的速度忽前忽後。空氣裡出現海洋的鹹味，我們就差不多抵達了。

小旻與學姐不約而同穿著花裙子，學姐空出手，壓著草帽，另一隻手與小旻相握，浪花一陣陣拍打過來，她們嘻笑，試圖在水中站穩腳步，逃離每一陣拍打上來的潮水。浪太大了，她們頻頻搖晃，但又屈服於某種神祕的規則，她們繼續這場遊戲。

「上來吧！」小莫說，「我們去別的地方。」
「這裡很好。」學姐說。
「海水好溫暖！」小旻說。
逼不得已，我跟小莫只能聯手把她們撈上岸。
兩件濕淋淋的花裙子在機車後座隨風飄蕩，在夏天的陽光下，一下子就乾了，只留下一點點夏天早晨的結晶。
僅有行前一點簡單的規劃，例如，去海邊，我們在比想像中小的花蓮市區漫無目的遊蕩，去了二手書店，吃了公正包子，拍了大量的照片，那是個相機記憶卡只有128MB的年代，記憶體一下子就滿了，小莫會在行程的空檔，迅速決斷哪些該丟棄，哪些可以留下。
飯店的房間配置是兩張大尺寸的雙人床，我們試圖把兩張床併在一起，發現底座是固定的，無法移動。最後我跟小莫一張，她們一張，但這差別不大，我們斷斷續續聊了整晚，幾乎沒睡。凌晨的某個電影臺播著法國片，關於兩男一女的愛情故事，風格非常特殊，對話聰明犀利，我們認真地把整部片看完，在最後一場戲之後，我們都沒有說話。多多少少，在電影裡，也許都看到自己的投影。

隔日早晨，飯店供應非常豪華的早餐，大片的陽光從大片的落地窗灑進來，我們吃可頌，喝著加了大量牛奶的咖啡，一起旅行的快樂非常純粹，而抵達一個端點，就該折返了。

那部電影是楚浮的《夏日之戀》，後來的日子如果遇見它，我會別開臉，有時候我想起那些像夢一樣的夏天。開始工作之後我很少意識到季節，只有極熱和極冷的時候才驚覺需要換季。有些時候，我甚至希望自己是個喜歡冬天的人。

/32

遊戲規則是這樣的：兩個人對看，誰先笑出來就輸了。

關於戀愛，有時候也像是一場遊戲，妳們面對面，面面相覷，有時候談話有時候不，有時候和睦有時候不，有時候感覺相愛，有時候感覺困乏。有時候妳們只是等著，看誰先離開。先離開的於是勝利嗎？我不確定。回想是一件吃力的事，像是快轉，我努力捕捉殘片。也許可以從對話開始。

「妳不覺得她們越來越像嗎？」小莫說。

「還好吧。」我回答。太趨近於反射動作，連我都覺得自己在說謊。

我跟學姐之間沒發生任何事，我們只是，避免單獨相處。如果是四個人一起，那沒問題。如果偶然之間剩下我們兩個人，哪怕其他人只是去倒水，去點餐，去接電話，我們之間，總會立刻豎起層層障蔽，諸如重新擺放調味料罐子、想起要回一封簡訊、翻找包包裡的鑰匙。有很多話想說，只是不適合。

「因為她們都是很好的人。」

坐在七星潭邊，這句話是我說的，還是她說的？是在什麼不經意的瞬間，人們做出重大的選擇而不自知。

花蓮回來之後幾個月，大約在我生日前一週。我跟小旻大吵了一架，從很小的事起頭，然後就一發不可收拾，接著是數日的冷戰，我想好好談，而她拒絕。學校有很多事要忙，打工也忙，她常常晚歸，或乾脆借宿在別人的宿舍。我們見面的時間很短，通電話也是禮貌上的報備。

「只要談得深入一點，我知道妳就會提分手。」後來小旻試著解釋。

跨越午夜的第一秒鐘，我的手機響起，學姐來電。

「下樓。」學姐說。

學姐未曾來過我與小旻租住的套房，可能連門鈴都沒按過，我走下樓梯，打開大門。學姐捧著一個小小的蛋糕，上面是數字21。已經點好蠟燭，閃爍著光。她小心地避開午夜的冷風，小聲地唱歌，要我許願。我吹熄蠟燭，她將蛋糕遞給我。

「給妳們吃。」學姐說。

「她還沒回來。」我說。

我們沉默地對望，一個蛋糕的距離，誰跨過去，就會滅頂。

「謝謝。」我說。

「生日快樂。」她說。

到底是誰先伸出手，小心翼翼維持蛋糕的平衡？我們握手，我們並不擁抱。

隔天中午，小旻回到家，我以為那是一場耗時過長的期末討論，讓她滯留在學校。她不發一語，進浴室沖澡。吹乾每一根頭髮，挑選一套回想起來實在過度正式的衣服。她坐在餐桌，正在打報告的我的對面。不顧我的手指仍敲擊鍵盤，她將我的筆電強行闔上，她的表情平靜，眼睛哭得紅腫。

「我跟小莫上床了。」小旻說，「總要有人讓這件事做出了結。」

有什麼被抽乾了，有人拔起世界底端的軟木塞，有人關上了所有的燈。對面的人還在發出聲音，只是之後的所有說話，我都已經不記得了。

「感覺像是，我們都得到了複製品。」後來的小旻說，「不是更好，也不是更壞。很相似，但沒辦法比較。我不確定是為了成全，還是一種報復。」那是我跟小旻最後一次見面了，距離餐桌上的攤牌半年之後。我終於恢復了與她見面的能力。

又要是夏天，我邁入大學的最後一年。

學姐與小莫畢業了，我沒去典禮。她們的道路早已被鋪好，只等踏出大步，畢業之後，她們一起前往美國攻讀研究所。在越洋電話裡，小莫對我坦承，整個大學時期，她們從沒有交往過，是到了美國之後一年，她們才真正地開始。

關於等待，關於挽回，關於任何事，小莫總是可以做出最精確的示範。

二十一歲之後，是二十二歲，大三之後是大四，我的學生生涯結束了。辭去了打工與家教，我開始第一份正式工作，是在信義區的廣告工作室。加班到凌晨是常態，但經濟獨立帶來的快樂，完全可以蓋過疲憊感。如同某種復健的演練，我練習與自己好好地相處，過一個人的安靜日子。

某個加班的夜晚，同事走來敲敲我的隔板，她說辦公室只剩下我們兩個，如果我也要走，她可以等我。我站起來望向四周，其他同事在不知不覺間都走光了。我收拾東西，檢查門窗，熟練地關燈鎖門。要分道揚鑣的時刻，她轉頭跟我說：「新年快樂！」趕場一般地離開。

我往捷運站的方向走，轉進信義路就撞上滿滿的人群，他們那麼快樂，眼中充滿無限的希望和喜悅。倒數開始了，不遠處的一〇一大樓綻放煙火，我卡在人群裡動彈不得，於是抬頭望著。人群此起彼落地迸出尖叫和笑鬧，新的一年已經來了。

「新年快樂。」

我對自己說，對周圍的陌生人說。說出口的時候，我真的感覺快樂。即使希望全滅，在滿室黑暗中，只要有一點小小的光亮，就足以繼續前進。我是這樣慎重地相信的。

/33

為了成為更好的人，為了成為理想的大人。那些殺不死妳的，不一定讓妳強大，至少可以提高妳的耐痛度。

有時候我會倒數，距離那年的夏天已經過去多少時間，距離十六歲的草地，十年，距離高中畢業那年，距離大學畢業，過去了多久？在此時此刻回看自己，我們有成為更好的大人嗎？做出的那些決定，有不辜負十六歲的自己嗎？

畢業後我在公館附近租住一間小套房，離河堤很近。加班太晚或者是睡不著的時候，我會爬上頂樓，河堤對岸便利商店的招牌總是過度蒼白，在凌晨扎痛失眠者的眼睛。高低不一的建築裡，總有些燈還亮著，小小的黃色的格子裡，總有些人還醒著。

我會記得用盆栽抵住頂樓的鐵門，以免風把門關上，我帶著手機在身上，卻其實不很確定，如果真的被關在這裡，到底能夠撥電話給誰呢？因為要自己照顧自己，妳必須要更小心謹慎。考慮過可能的感冒或災害，我在房間準備好餅乾飲水，備好急救包跟感冒成藥，學會簡單的粥食煮法。曾經想過要養貓，但上班時間太長，貓會需要常常獨自在家，那樣太寂寞了。

大學畢業後沒多久，阿青和6號分手了，沒什麼特殊的原因，過程非常平和，就是沒辦法繼續走在一起。她們約我吃飯，坦誠地說明她們的決定，像是跟孩子討論未來的離婚父母，甚至比我的父母更像一對良好的伴侶。先哭的人是我，她們反而被逗笑了。

「像是一個時代的結束。」我跟她們說。

「會好起來的。」6號抱著我說。

6號後來進了出版社工作，我常常在凌晨的誠品敦南店遇到她。在那個曾經存在的純白圓弧形雜誌區，我有次巧遇她和新女友，她笑著介紹對方給我，說是「新媽媽」。隔年的同志大遊行，阿青串聯一大群人，包括高中同學、隔壁班同學、學姐學妹、大學同學、社團朋友，揮舞著彩虹旗，我們大聲喊著口號，浩浩蕩蕩地在光天化日下組隊前進。一個時代結束了，另一個時代還會再來。

生活如常，有時候落後了一些刻度，但是沒關係，之後趕上就好。如果是假日，那就不要太勉強自己，我起床會先預熱烤箱，烤一塊吐司，塗上奶油或是草莓果醬，或者兩者都放，慢慢地煮一杯咖啡，選一部喜歡的影集。天氣好就騎腳踏車出去閒晃，做任何當下想做的事情，但不要太勉強自己。做一份常常過勞的工作，成為城市裡一個穩穩當當的上班族之一，這樣挺好的。

偶爾有人說要介紹新朋友認識，我去吃過幾場飯，喝過幾次酒，有過幾場約會，有過曖昧，有被丟過直球，終究不了了之。別部門的女同事慶生，在電梯間約我一起去夜店，其實不熟，只是在具備雷達的人眼裡，我連出櫃都顯得多餘。依舊在地下室，但熱門的拉子夜店已經不是大學時候去過的那間了。我習慣自己去看電影，自己在城市裡餵貓，自己去女巫店聽表演，在女歌手唱著〈留下來陪你生活〉的時候，無法抑止地感覺悲傷，也同時被撫慰。

在這樣的日子中間，偶爾小莫會寫電子郵件來，通常是簡短的問候，附上一些照片或圖檔，她會說她的近況，並不過分打探我的消息，偶爾丟丟 MSN，我不一定會回應，小莫維持穩定的溫度與我聯繫。

學姐出國後就幾乎音訊全無，唯一的例外，是每年在生日之前，我會收到來自遠方的禮物跟卡片，那之前的幾天，我總是下意識地反覆查看公寓的郵箱。順應當時的流行，我開了一個不太認真經營的部落格，偶爾寫電影感想跟日記形式的隨筆。點閱率近乎零，是個安靜的小地方，有些路過的訪客會在文章底下貼影片連結，像是一種失眠者的交流，後來我才發現那不一定代表對方也失眠，那是時差。

/34

對於獨居者，網路幾乎是生命線，彼時我租住的房間網路不太穩定，許多時候我開啟程式，必須徒勞無功地看著小綠人不斷旋轉，不斷旋轉，直到找到出口。

能說話的人太少，常常我只是更改狀態，感覺像對汪洋丟出瓶中信，期待有個適當的回應。臺北與紐約，白天對應黑夜，我打開電腦開始新的一天後，小莫的一天也快結束了，當我狼吞虎嚥吃著早餐店三明治和溫奶茶，她已經吃完晚飯，丟過幾句近況和問候。

小莫不提學姐，我也不問，有時候她消失得久了，推算時間，大概是去哪個遙遠的城市或國家度假。旅行的時候小莫總會寄明信片來，有次行經楓林，還仔細貼上幾片葉子一同漂洋過海，葉子已經乾枯，失去色澤。明信片上寫：想念高中打掃的日子，這裡楓葉太多，恐怕是掃不完的。

然後有一段漫長的靜默。小莫消失了，部落格底下的留言也消失了。再出現已經是幾個月後，臺北的下午，紐約的凌晨。小莫傳來一句話：臺北在下雨嗎？

我答：沒有。

小莫說：想念臺北的雨天。

我說：紐約不下雨嗎？

小莫答：聲音不一樣。

我沒接話，小莫也沒往下說。我始終弄不清楚那些網路禮節，要離開的時候，到底該不該說再見，還是讓一句話就此懸在那裡。

又過了幾天的午夜，臺北下雨了，我打開電腦，發現小莫在線上。

臺北下大雨。我說。

好聽嗎？小莫問。

有點吵。我答。

可以打電話給妳嗎？我撥過妳的手機，是空號。小莫說。

我換過號碼。我說。

可以打電話給妳嗎？小莫說。

我把手機慎重地放在窗邊，訊號最強的位置，隔了好一陣子，當我準備放棄，手機開始震動，螢幕藍色的冷光照耀房間，我伸手要接，巨大的陰影映照在牆面。

「喂？」小莫的聲音從遠方傳來，像是一波波浪潮拍打上岸。

「喂。」我說。

「妳還沒睡？」

「嗯。」

「妳都好嗎？」
「嗯。」
「好久沒聽到妳的聲音，跟印象中不大一樣。」
「有嗎？」
「是啊。」

太多事件橫亙在我們之間，然後我們就無話可說。在那短暫的空白裡我習慣性地看向對岸，幾個窗格的燈仍然亮著，暴雨已經停了。

「雨停了。」我告訴小莫。
「啊，好可惜，我好想聽臺北的雨聲。」小莫說。
「那，下次吧。」
「不過聽到妳的聲音，感覺很好。」
「嗯，我也是。」
又是短暫的空白，我聽到另一端的空間裡，有人在喊小莫的名字，在我還沒反應過來之前，身體已經開始發抖，那是學姐的聲音。

「越洋電話很貴的，先這樣吧。」我說。

在小莫還沒有回話之前，我率先說了再見，掛上電話。

隔幾天下午，臺北下起雨，不像那天晚上的暴雨，而是比較潮濕綿密的那種，雨聲不太乾脆，我拿出MP3隨身聽，走到公司的後陽臺，錄了一段五分鐘的雨聲，斷斷續續抽完一根菸。我將錄音檔寄往遠方。

/35

十幾歲的年紀，每天都度日如年，每天都彌足珍貴，每天都有好多話想說，好多紙條寫不停。越過二十五歲之後，歲月的轉速似乎改變了，時間像旋轉木馬一樣地消失。我還記得那些珍貴而重大的事件，感覺上還是昨天，卻已經過了兩三年或是更長的時間，無意識牢牢抓著的，在心裡留下漫長的拖痕。

那三年我都在加班，或者該說，當廣告文案的日子，就是不斷地加班，點與點之間的往返，公司的同事年齡相近，整體氣氛是歡樂的，那麼多年輕的肝與年輕的熱血，讓凌晨一點的腦力激盪會議還有愉快的可能。有時候面臨無止盡的比稿地獄，每次提案都像攀登高山，真的不行的時候，就跟同事吃一頓昂貴的晚餐，用金錢的揮霍來掩飾年輕生命的耗損。我常常去凌晨的書店泡著，儘管只是繞上一圈都彷彿可以帶來新想法，補充安全感，花費不成比例的薪水，扛一紙袋又一紙袋的書爬上租住的小套房。有次又是加班到凌晨，同組的設計被逼到崩潰的邊緣，她跟我索討書店的紙提袋，我遞給她，她拿起美工刀在紙袋上裁出兩個圓孔，戴在頭上。

「牛皮紙袋的味道讓我安心。」同事表示。

我並肩與紙袋人繼續加班，之後一起坐電梯下樓，上計程車前她終於拿下紙袋。大概就是這樣的高壓生活，將身體逼榨到極點，在這樣的狀態無暇多想，每天都是一場戰役。

同事套上紙袋的瞬間，我想起久遠的記憶。

她們快要畢業的那一年，與小旻分開後幾個星期，我獨自一人在系學會前的小徑遇到學姐，學姐走得很慢，我想低頭走過，她叫住我，但我必須不停地往前走，停下來就會開始流淚。學姐追了上來，問我是不是要回家，我點點頭，走去系學會拿安全帽，她問我機車停哪，我指向後門。在我騎上腳踏車逃逸之前，她擋下我，要我坐上腳踏車後座，然後她幫我戴上我的全罩式安全帽。

「想哭的話就哭出來噢。」學姐說。

她將腳踏車騎上椰林大道，下午時分路上滿滿的人與車，我的眼淚已經滿到天靈蓋。她抓住我的手，讓我環抱她的身體，讓我輕輕依靠，我無可抑止地在安全帽裡哭了起來。學姐只是不斷地繞著校園裡的小路，直到天色全暗。

/36

la petite mort.

小小的死亡，法語對高潮的代稱。抵達一個難以再抵達的高度，難以復返，太過絕對，妳就如同死過一次。

那年我忙到幾乎忘記自己的生日，臉書尚不盛行，沒有軟體會提醒妳的朋友留下祝福。我媽通常會在一個月之前，打通電話叫我去高雄領一頓大餐。生日當天我十一點半下班，夠晚了，坐可以報帳的計程車回家，有人在河岸放起煙火，經過橋面恰好撞見最燦爛的時刻。煙火之所以能夠綻放美好，是因為寄託於黑暗。

信箱是空的，旁邊散落一地的廣告文宣，我一步步踏上公寓樓梯，有一層樓的燈總是壞的，始終沒有人來修。回到套房之前，我決定先爬上頂樓抽一根菸。河岸的嬉鬧聲陸續傳來，對岸的窗格有燈光熄滅。我明天要請假，完全陷入睡眠的瞬間我這樣想。

光線從窗簾邊緣慢慢滲透進來，床邊的手機響了，我睡得不好，反覆做夢，夢裡夢見自己翻來覆去，直到醒來，才會發現那一切都是一場夢，又經歷了一次徒勞無功的睡眠。手機繼續響著，我理解到那聲音不是夢，螢幕顯示一長串不熟悉的數字，清晨五點多，我接起電話。

「是我。」電話那端的人說，聲音斷斷續續，帶有許多雜音。

「喂？」迷迷糊糊中我問。

「是我！」對方的聲音帶有一種興奮，「妳聽得到我的聲音嗎？」

「聽得到。」

「太好了，生日快樂！聽到了嗎，生日快樂！我在印度，走了好久才找到公共電話，跟妳說，我現在看得到喜馬拉雅山。」

我還沒有清醒過來，聽話聽得很吃力，太多名詞在腦子裡糊成一片。

「喔，謝謝。」空了好幾拍後，我說。

「生日快樂，妳好好的。」對方聲音裡的興奮平靜下來，她一字一句清楚地說。

「妳也是。」我說。

「我必須回去了，怕大家找不到我會緊張。」

「好。」

「好。」

電話被慢慢地掛上，所有的雜音一併結束。

兩週之後我收到學姐從印度寄來的明信片，再過兩週，我收到一隻大象玩偶。

/37

妳還記得第一次跌倒的場景嗎？

第一次失戀。第一次覺得這樣的人生不值得活。

第一次感覺被深深地傷害。是什麼時候？

對於傷口，我們始終小心翼翼，來不及消毒，來不及包紮，立即真空封存，樂扣樂扣可喜可賀，我們努力維護案發現場，讓傷口原封不動跟著長大。傷口跟著妳去上班，跟著妳吃早餐，跟著妳過海關，跟著妳飄洋過海去另一個有時差的城市定居。每次妳回頭，它都在那裡，那樣其實很好，很有安全感，所以其實妳不希望它消失。傷口是嘴，說出想說的話才會好。

那天我看了一部電影，開場戲有一段無水的泳池，字幕宣示出一場如夏夜晚風來襲、猝不及防的愛情。我在充滿陌生人的中山堂泣不成聲，哭到散場字幕都跑完了，許多名字和符號都轉過一輪，我進廁所用力地洗臉，走進旁邊的巷子又哭了出來。那樣的一天我到家，洗完澡打開電腦，打開久未更新的部落格，準備將眼淚轉移進文章，有一則新留言：伊通公園的鞦韆拆掉了。

學姐回來了，或者是說，她們回來了，臺北那麼大，卻又過度擁擠，這座城市再度裝滿妳愛的人，以及妳愛過的人。我上班，下班，覺得空氣有細微的變化，我是過度焦慮版的傑森包恩，走在路上開始不敢東張西望，搭捷運會站在最接近手扶梯的車廂，我怕我害怕的隨時都會出現。

隔天下午，手機響起，顯示為長長的電話號碼，我沒接，我等著它自己斷掉，手機再度響起，我將它調成靜音，放進辦公桌的底層抽屜，它繼續振動。斷續遙遠的震動，讓我想起高中時期上課傳來的簡訊。它又響了幾回合，我拿起手機走到樓梯間，深吸了一口氣，我將電話接起。

「我是小莫。」對方說。
「這是越洋電話嗎?」我問。
「對。」小莫短暫地遲疑,「游先回去了。」
「學姐自己回來?」
「妳聽我說。」
「嗯。」我答。

我看向玻璃窗外,紅紅綠綠的鐵皮屋頂,有貓跳過建築的縫隙,小莫沉默,只聽見她在彼岸湍急的呼吸聲。

「這件事沒有聽起來嚴重……妳知道心雜音的英文叫做 heart murmur 嗎?」
「什麼意思?」我問。
「我的心裡破了一個洞。」小莫說。

有十幾秒鐘的真空,我們都沒有說話。小莫的母親已經飛去美國,為她處理日常事務跟打包行李，她父親在臺灣已經打點好一切，指定主刀醫師，預計下週開刀。

「希望有機會見面。」我說。

「我希望。」小莫說。

/38

/

某日午餐時間，我帶著錢包跟手機走進電梯，有未知號碼來電，我按掉它，大約過了五分鐘，電話又響起，我望著忠孝東跟基隆路交叉口，漫長的，永遠到不了的紅燈，我接起電話。

「喂？」我說。

「是我。」

「嗯。」

「我在醫院大廳，小莫回來開刀……」

「我知道。」

「我找不到她……她的家人不讓我進去……我……我不知道該怎麼辦……」

城市潮溼的空氣，揉雜進漫長壓抑的哭泣聲。

「跟我說妳的位置，我現在過去。」

我攔車直接去了醫院，在大廳走了一圈，沒有學姐的蹤影，在計程車上，我努力回想學姐的樣子，我記得她的聲音，但是長相，一時之間竟然想不起來，像是斷裂的迴路，那些屬於過去，我覺得一片空白，尋找的時候我下意識看向長髮的女人們。此時此刻，對於她的外貌變化、打扮習慣，我一無所知，只好放慢腳步，再檢查一遍大廳的人們。

第一趟我就注意到，電梯旁有個短髮女人蹲在地上，靠近角落的盆栽擺飾。她縮成一團，旁邊丟著一個帆布側背包，這次我走近一點看，才發現是學姐。學姐盯著那些電梯，注意走出走進的人群，沒注意到站在附近的我。

「學姐。」我特地放輕音調，如同要叫醒夢遊者。

學姐盯著我，動也不動，似乎想站起來，又沒有力氣，她的樣子像是幾天沒有睡好，眼睛是哭腫的，我伸手將她拉起來，撿起帆布包提在手上。學姐抱住我，小聲哭了出來。

「別擔心，沒事的。」我說。

因為小莫的強烈要求，她在開刀前一直陪著小莫，當小莫父親出現，學姐就必須自動消失。前天是開刀日，她和小莫的母親在外面等著手術結束。手術進行得比預定時間長，小莫母親要她先去吃飯以維持體力，之後才可以輪班照顧。學姐只去了二十分鐘，回來就不見眾人蹤影。她進不去加護病房，問護士也不願意透露狀況，只能盡量守在大廳，看能不能遇到小莫的爸媽。

「妳今天吃過飯了嗎？」我問。

「有喝果汁。」

「我們先去吃點東西好不好？」

學姐沒說話，仍舊眼巴巴地望著電梯。

「現在是吃飯時間，小莫的媽媽可能也會來買東西吃啊。」我說，然後按下往下的按鈕。

學姐出現短暫的停頓，吃了一口飯，食物仍在嘴巴裡，卻忘記繼續咀嚼，我小聲地提醒，她就繼續動作。我打電話回公司，說是有急事，請同事幫忙請假。吃完飯我們回到大廳，找了座椅要學姐坐好別動，我去心臟科的護理站詢問，以小莫的朋友探病的名義，想詢問她在哪間病房。護士們聽到名字，卻沒有人願意回答。隔了一陣子，有個年輕的護士說，還在加護病房，而且中午的探病時間已經過了，要再等到下午或晚上時段。我說了謝謝，正準備離開，護士又說，「一次只能進去兩個人，她的家屬很強勢，朋友可能都沒辦法進去噢。」

我再度道謝，坐電梯下樓，同電梯有人提著大包小包的塑膠袋，袋子散發著強烈果香，有人大聲地講電話，也有人皺著眉瞪著樓層數字，門一開就急匆匆地撞開人離去。即使是那些匆忙無理的人，也都有正在等著他們的人吧。光是這個想法，就讓我有點羨慕電梯裡的大叔，甚至是加護病房裡的小莫，也許是亮著一盞燈，或是將自己縮進哪個不起眼的角落，總有人在等著另一個人。

/39

生活和情感的關鍵，有時候是機率問題。妳和她，為什麼成為妳們，為什麼又還原成妳和她，可能只在於，某個等太久的紅綠燈，某個發送得恰到好處的晚餐邀約，某個足以納入永恆的一分鐘。然後又因為一分鐘的遲疑，誤點的電車，晚了一秒說出口的心情，關係重新整理，又回到原點。走過的路，做出的選擇，通常不可逆。在時時刻刻分分秒秒中，言語或行動計算得不夠準確，沒被接住的瞬間，也就失落了，持續被收納進時間的黑洞。

在同一間公司待得久了，好處是年假可以累積，一年七天，兩年十天，三年十四天，工作第三年半的年底，我的年假還有十三天，請掉的一天，是因為租屋處馬桶故障，必須在家等水電師傅來維修。

為了去醫院找學姐與小莫，同事幫我請了半天事假。隔天我進辦公室，整理前一天累積的待辦事項，跟設計同事對過剩下的瑣碎製作物，確認手邊的工作進度，拷貝一些可能會用得上的資料進隨身碟，清空桌底下的垃圾桶。幸好是年底，沒有腦力激盪會議或是比稿，上頭的創意總監已經請假去歐洲旅行，我把剩下的十三天年假一次請完。

中午之前我就抵達醫院，學姐不在大廳，打電話也沒人接聽，我直接坐電梯去加護病房樓層，家屬等候區的電視定頻在佛教節目，有個中年男人一邊吃香蕉一邊目不轉睛地看著，學姐坐在附近的椅子上，她一定累壞了，以一個不自然的姿勢睡得很熟，我猶豫要不要叫醒她，最後選擇不要。從公司到這裡的路上，我因為趕時間出了一身汗，坐定之後想把圍巾拿掉，發現學姐只穿了單薄的棉質連帽外套，我脫下大衣，蓋在學姐身上。吃完香蕉的男人，轉頭看了這裡一眼，嘴裡發出嘖嘖聲。電視裡的人說，要做好事，說好話，把善念發射出去。

午間新聞播到一半，學姐醒了，她盯著我的臉發愣，在那短短的也許不到一分鐘的時間裡，她努力聚攏意識，分辨現實的處境，傳輸一個過大的記憶檔案。

「妳來了。」學姐說。

「對。」

「今天不用上班？」

「已經請好假了，不用擔心。」

學姐坐直起來，一把抓住差點滑落的我的大衣。

「妳今天穿得有點少。」我說。

「我記得我穿很多。」學姐說，轉頭看看四周，「我的外套不見了。」

「那我們去找找，順便吃點東西？」

學姐沒有回答，我知道她暫時不想離開這裡。

「我今天都還沒有吃東西欸。」我補充。

「好。」學姐說。

我們坐電梯回到大廳，搜尋一圈後，在座椅區發現她的黑色 Burberry 風衣，口袋裡的手機還在，耗完電力自動關機，但是長夾不見了。像個乖順的小孩，她安靜地走在我身旁，我問說想吃什麼，她搖搖頭。太多事物擠壓，反而堵塞語言。我點了粥跟湯麵，讓她先選，她慢慢地小口吃粥，還剩下大半碗，學姐就放下湯匙。我們返回加護病房樓層，她指著地圖上的標示，指著「家屬」兩字。

「幸好不是家屬也能夠在這裡等。」她很勉強地笑著說。

香蕉男人已經不在位置上，電視正在播韓劇，一對中年夫妻並肩而坐，不知道是為了電視上的悲慘情節，還是自身的遭遇，妻子正在大聲地哭泣，用力擤鼻涕。

我將剛剛買的礦泉水打開，遞給學姐，她小口喝下，電視嘩啦嘩啦響，我坐在她身邊，她以為不著痕跡，靜靜流著眼淚。

40

十二月的倒數幾天。早晨我從租屋處出發，學姐從商務旅館出發，我們約在羅斯福路三段的摩斯漢堡會合，吃過早餐後前往醫院。等待是一種品質，是一塊需要反覆鍛鍊的肌肉。我們坐在不屬於我們的家屬等候區，等一個始終未能到達的通知，我們在醫院度過聖誕夜，接著是跨年，那年的最後一天，我買了一大一小兩盒蛋糕，小盒的送給學姐，大盒的分送給其他等待的家屬跟護理站的醫護人員，護士們愣了一下，曾經透露消息給我們的年輕護士，小聲地對我們說謝謝。

一天又要結束，我們搭上電梯準備離開，在門片完全闔上之前，年輕護士衝了過來，伸手按住即將關上的門。

「她已經不在這裡了，妳們不用再來了。」年輕護士快速地說。
「妳說什麼？」我問。
「她已經不在了。」護士說完放開手，門關上。
我還在想剛剛聽見了什麼，學姐沒有任何反應，而我們其實還沒有按下樓層鈕。夜裡的醫院電梯沒有地方去，直接進入節電模式，空調跟燈光都停止了。在一片黑暗中，我們究竟站立了多久？
我們從醫院出來，沿著馬路走，好幾公里的路，我們沒有交談，可能是稍早吃的蛋糕過於甜膩，走著走著，學姐蹲在路邊吐了起來。走到不能走為止，她臉色蒼白，我扶著她坐上計程車，開了一小段，司機說前方不通，他只能載我們到這裡。繞過一大群歡樂喧鬧的人群，跨年前的每處街頭都是洶湧的觀景臺。我們下車繼續走，走到下一個不塞的路口，我們又坐上車，抵達的時候，她愣愣地看著前方，我請司機繼續開，繞路也沒關係，一路開往我租住的套房，學姐這時才回神，準備掏找她早已丟失的錢包。我遞給司機一千塊，司機似乎困擾於找零。

「沒關係，祝你快樂。」我說，我們下車，打開公寓大門，學姐一路往上走，彷彿熟門熟路，我打開門，她走進，連燈都還沒開，她坐倒在地，放聲大哭。

已經是淩晨，我將學姐留在房裡，走上頂樓，望向河對岸，那些窗格子裡燈火通明，二十四小時運轉的城市，仍有那麼多人感到飢餓、感到寂寞。

河堤有人在放煙火，遠方有人喊：「新年快樂。」

等我回到房間，學姐還是沒有打開任何一盞燈。脫下外套的時候，發現口袋裡有稍早買蛋糕附的蠟燭，等到眼睛習慣於黑暗，我找到打火機和菸，點起一根蠟燭。當我拿起菸盒正準備打開，學姐伸手。

「我想抽。」站在窗邊的她說。

打開菸盒，裡面只剩下最後一根菸了，但是沒關係，我將最後的 caster 5 遞給她。

沒有開窗，房間裡煙霧彌漫，我盯著蠟燭的火焰，還有學姐唇上的一明一滅，在黑暗中，學姐的細碎咳嗽聲中，我不斷掉眼淚。

「別哭啊。」學姐說。將菸夾在手上，她傾身擁抱我。

一時閃避不及，菸頭的灼熱擦過我的耳際，並沒有受傷，只是察覺到耳上的熱度。悲傷是永夜，有時候我們只需要一點點光。

/41

夢裡面什麼都沒有，黑暗濃得像墨，我在夢裡張開眼睛，閉上眼睛，見到的景象並無不同，夢裡知道是夢，但是醒不過來。我在夢裡哭泣，醒來發現枕頭溼得徹底，坐起身，發現剛剛的清醒才是夢的本體。

醒不過來，於是躺著，繼續睡，繼續面向黑暗。遠方有旋律，我沒有理會，過一陣子我意識到，那是我的手機鈴聲，我想起學姐，用盡全力起床梳洗。下午兩點，這樣的一天，竟然還有太陽，我對這個如常運行的世界感到厭煩。想撥出電話的時候，發現喉嚨乾澀得發不出正常的聲音，大量的哭泣原來也會讓身體脫水，我慢慢喝水，想讓自己冷靜下來，手在發抖，隨著身體裡的水量漸漸上升，記憶和感覺也慢慢回來了。

我想起小莫的臉，好奇怪啊，不論認識了多久，只要想到這個人，想起的第一個場景總是她在高中教室裡的樣子，半明半暗的空間。我回想小莫的聲音，想起她說「想念臺北的雨聲」的音調起伏，我還記得，許多事我想忘也忘不了。

我們最後一次說話是什麼時候？我有好好地跟妳說再見嗎？死亡太過暴虐巨大，在它的陰影下，我一時找不到出口。我撥打學姐的手機，電話中，我按掉，然後我的手機立刻響起。

「我起床了。」在學姐還沒開口之前，我說。

「我也是。」學姐說，「可以見面嗎？」

「好，約在摩斯？」

學姐的父母不知道從何得知她回臺灣的消息，元旦那天下午，便直奔她所在的商務旅館，被盯著收拾行李，她回家後便無法出門，這兩天我們只能斷續地以電話跟簡訊聯絡。抵達約定地點，我突然感覺到巨大的錯誤。去醫院前我們總約在這裡會合，當時我們充滿期待，覺得即將開始的這天就一定能夠見到健康的小莫。一樣的場景，一樣的馬路，以及一樣的城市。無法挽回的，已經永遠地被抽換。

我站在門口，沒辦法往裡面走，學姐下了計程車，快步走過來，她還沒有想到我剛剛想到的，但她一定也會做出相似的聯想，我拉著她的手，轉往另一個方向。鑽進羅斯福路旁的巷弄，我們漫無目的地走，找不到一間想進去的咖啡店，在小公園繞了好幾圈，一個回神我們站在新生南路的捐血車對面，準備走進校園。

當年是系學會的小木屋，已經變成腳踏車維修中心跟便利商店，我本來想繞到另外一邊，看看當年總是停著腳踏車的各大系學會門口，但是忍住了。偶爾要練習，失去了就不要再回頭指認。而醉月湖已經不是記憶中的樣子了，我們望向陌生的風景，久久沒辦法說話。

「妳覺得魚還是一樣的魚嗎？」隔了很久，學姐問。

「我不知道。」我說。

學姐盯著湖面，附近有一群人騎著腳踏車嬉鬧而過。

「但是——」我說，「醉月湖上的阿飄學姐，應該還是同一個。」

有點勉強，但學姐露出微小的笑容。我們繞著湖走，有一搭沒一搭地聊。

「外婆過世的時候我還在讀幼稚園，爸媽覺得我不會懂，只跟我說外婆出國找親戚玩了。因為沒人可以幫忙照顧小孩，他們把我帶到告別式的現場，儀式進行到一半，才發現小孩不見了。找到我的時候，我正坐在小房間裡的外婆身上大哭。死亡給我的印象，就是冰的。到現在我還是有點不諒解，他們覺得我不懂，就不告訴我，甚至沒讓我見外婆最後一面。換個角度想，我也覺得他們不懂，從來沒嘗試過溝通。」學姐說，「昨天凌晨我跟我爸媽出櫃了，想了那麼久，逃到那麼遠的地方，沒想到還是要回來過這一關。前幾年我跟小莫還有討論過，是不是再也不要回臺灣，與其跟父母硬碰硬，乾脆就一直待在那邊。沒有想像中那麼難，而且，說出來真的好輕鬆。」

學姐看著湖的另一端，沉默了非常久。

「在死亡面前所有事情都好渺小。」隔了很久，她才小聲地說。

冬日傍晚，天色過度迅速地暗了下來，儘管我們各自面對自己的風暴，儘管走不出黑暗的盡頭，在哭到視線模糊的時候，在被絕望完全侵蝕之前，只要發出聲響，對方就會即時回覆。我不是孤單一人，妳也不是孤單一人。而告別式的日子就要到了。

/42

戴洛維夫人說，她要自己去買花。

電影《時時刻刻》裡，詩人在窗前問，告訴我妳的故事，告訴我妳這一天做了什麼？詩人說他可能無法參加派對了，他從窗戶離開。死亡分成好幾種速度，有時候妳看著那病，看著那人一天天陷落，妳被分神，看往別的方向。而生命的消逝只是彈指之間。妳回頭，對方已經不在了。

新年的第一天，阿青打電話約我出來，我們沿著溫州街走，每一間咖啡店都是滿座，最後我們走進臺一，各自對著一碗冒著蒸氣的紅豆湯圓。我沒有食慾，阿青好言勸我吃一些。

「我也是昨天才知道，第一時間想打電話問妳，怕破壞妳的跨年，所以等到今天中午。」阿青說，「到現在還覺得是假的。」

「很多人知道嗎？」我問。

「不確定，但是有一百多個人按讚。」

「按讚？什麼意思？」

「妳有在用臉書嗎？」

「以前有申請過帳號。」

「因為最近我女朋友迷上開心農場，她抱怨在玩的人太少，我只好註冊帳號讓她偷菜。」

「偷菜？」

「沒關係，這不重要。」阿青看了我一眼，「重點是，昨天小莫的臉書發佈了一則新動態，是她爸爸或媽媽貼的。」

「妳是什麼時候看到的？」

「跨年所以公司讓我們提早下班，回家前看到的，大概下午三點吧。」

我低頭攪拌紅豆湯，蒸氣冒上來，真的太燙了。

「今天早上有人傳訊息給我，問說是不是跟性向有關，小莫是不是自殺的。」

「妳怎麼回答？」我問。

「我跟對方說，女同志現在不自殺了。」

我回家上網，點進阿青給的臉書連結，小莫的臉書沒有任何資訊，除了大頭照外，頁面幾乎一片空白。上方有一排提示，留著小莫曾經對我發出的交友邀請。我按下確認鍵，如同獲取資格，如同打開虛擬世界的一扇門，頁面重新整理，所有的資訊一一顯現。我看見小莫與學姐的眾多合照，她們過往的旅程，她們生活的空間，某日的自製晚餐，某日的早餐咖啡。最新的貼文冷硬難以消化，那是告別式的時間與地點。

學姐說，她要自己去買花。

我在衣櫃翻找出黑襯衫，搭配黑褲黑外套，當天出了太陽，天氣依舊乾冷，現場分成許多廳別，我比預定的時間早到，本來想研究平面圖來確認方向，但是在一片肅穆中，我聽見熟悉的唸白。

「操場盡頭／是一片令人眩惑的金黃海洋／
只要用力揮動雙臂／也許／就能在世界的上空／
漂浮起來……」

站在一段距離之外，我聽著反覆播放的〈老夏天〉，旋律召喚出高三那年的記憶，小莫跟學姐的租屋處。彼時我多半待在大餐桌上讀書，她們各自忙著手邊的事，偶爾過來關心進度，我想起那一年的夏天，想起過往的無數個夏天。她們的屋子裡曾經有個屬於我的房間，看了兩次的《藍色大門》，坐了兩次的遊樂園摩天輪，那年夏天花蓮的海，越洋電話。我們是怎麼走到這天的？

阿青來了，6號來了，她們招手要我進去坐，我擺擺手。我想站在外面，大半時刻，我都覺得自己像個局外人，外頭很好。一片黑壓壓人群中，小莫在照片裡兀自笑得燦爛，我看著一張張熟悉又陌生的臉孔，裡面有我全部青春的縮影。小旻在場外哭到喘不過氣，我遞出衛生紙給她，讓她靠在肩膀上，並且拍拍她。不覺得愛也不覺得恨，只有憂傷，並且願意給出擁抱。關於重逢的形式，現實總比想像更離奇。

小莫的父母依照習俗不能參加，在場協助的應該是小莫的堂哥堂姊們。儀式準備開始，坐在裡頭的人不斷往外看，學姐還沒有到場，知情或不知情的眾人互相感染躁動的情緒。音樂被猛然關上，儀式開始了，幾乎是同時，學姐抵達，她穿著黑色小禮服，捧著一大束白玫瑰，我們站在最末觀禮。儀式和誦經結束，先是家祭，由於長輩無法參加，小莫的平輩親戚又少，家祭比預定時間早結束，接著是家屬致答謝詞。小莫的堂姊走到司儀身邊低語，司儀點點頭，堂姊從前方走了過來。

「我知道妳是誰。」堂姊小聲地說，「妳跟我來。」

學姐沒回答，我趕緊接過她手上的花。現場一片沉默，司儀沒有宣讀身分，但趕在家祭的尾巴，學姐以家人的身分為小莫上了香。

人群列隊，小莫安靜地睡著，學姐輕輕把花放在她身旁，我沒辦法看向她的臉，需要強迫自己。小莫穿著合身的西裝與襯衫，她看起來很好，像是等待被喚醒的王子。我在心裡好好地讚美了她，跟她說了再見。

離開會場的時候，不能說再見，我們悄悄地走。小莫的堂姊追了出來，給學姐一個緊緊的擁抱，學姐忍了整場的眼淚，在這瞬間完全潰堤。

「保持聯絡。」堂姊說，「我妹有東西要給妳。」

/43

小莫的堂姊約我們見面，出門前我在某個網頁上瞥見，這日恰好是大寒。

氣溫很低，我們約在附近的捷運站出口，學姐穿著深咖啡色牛角扣大衣，短髮沒能覆蓋到的頸項，她以質感良好的格紋圍巾嚴實地保護住，我想起那天的下午，她蹲在電梯前像一個壞掉的玩具。我們如同浩劫餘生，在糖果屋內見識到殘忍的真實，需要一點一滴收集氣力，才得以重新面對這個世界。

人是可以復原的。也許受過傷之後，沒辦法回到最初的樣子，只要給予適當的時間和照顧，也能以略微歪斜的樣子好好生長下去。外人難以辨識，但只有經歷過的人，能夠指認出破口的痕跡，理解那些傷疤中的不容易。當我這樣想著，準備和學姐並肩走向約定的店家，學姐在路邊停下腳步，解下圍巾包覆在我脖子上。柔軟的織物還留有她的溫度，非常暖。

「妳穿太少了噢！」學姐說。

咖啡店裡非常安靜，正在播放〈鴿子之歌〉，西班牙文的連聲哀嘆迴盪在溫度過低的店內空間。小莫的堂姊坐在裡頭的大桌，站起身來向我們招手，我們點了熱茶與咖啡，堂姊詢問店員今日的甜點，桌上稍後便放滿了六款店家推薦的蛋糕。

「先說好，讓我請客。」堂姊說。近看才發現，她的眼睛與小莫的非常相像。

「我們家族就我跟她年齡最近，所以我都直接叫她妹。」堂姊解釋，「她常常跟我提到妳們。我之前都在日本，因為手邊有一個設計案子還沒簽約，想等底定再請假回來看她。」堂姊說完這句話，陷入長長的停頓。

「我見到她的時候，她大半時間都在睡，偶爾醒過來，會說一些沒有人聽得清楚的話。她變得好虛弱，我第一次進她的病房，還以為我走錯了。那天下午我去看她，伯父不在，伯母好像去跟醫生討論事情。我坐在她的床邊看書，她突然醒了，要我幫她把病床升起來，她把氧氣罩拿下來，問我什麼時候回臺灣的，這陣子都在忙什麼。然後她說想吃蘋果，但是病房裡沒有，我說要去買，她說沒關係，我後來洗了櫻桃，她一口氣吃掉十幾顆。」堂姊低頭喝了一口熱茶，有眼淚滴進杯子裡，「我突然想通，原來真的有迴光返照。她拜託了我一件事，這就是我今天約妳們出來的原因。」

堂姊打開一直放在膝上的皮包，拿出一個圓形的黑色底片盒。

「她說，請妳們共同決定。」堂姊說。

學姐接過盒子，握在手中，然後遞給我，盒子非常輕，如同空無一物。我將盒子遞回給學姐，學姐以雙手捧接，我可以感覺到她屏住呼吸，她極度小心地開啟，裡面是一些灰白色的粉末，八分滿。

「謝謝。」學姐說。關上蓋子後，她仍舊緊緊握著底片盒，指節都開始泛白。桌上的蛋糕沒人碰觸，她們只是交替著談話與哭泣。

離開的時候，堂姊站在路邊準備攔車，前方的路口是紅燈，計程車打亮方向燈準備靠近。

「有句話我現在想到還是會難過。她說，如果可以自己選擇家人就好了。」堂姊說，「可能妳們才是她認可的家人。」車來了，她上車離開，不顧即將接近的農曆新年，她明天就要飛回東京。

底片盒在學姐的包包內袋，我們有默契地捨棄捷運，伸手招呼下一輛計程車。天還是亮的，學姐不想太早回家，前往我的租屋處。我們提前下車，採買簡單的晚餐，我提著食物，學姐以有點奇特的姿勢抱著包包，如同抱著活物。

抵達公寓大門處，旁邊的盆栽傳出微弱的叫聲，我們停步，有一隻小橘子貓探出頭來，我認出是偶爾會餵的那隻貓。已經不見蹤影好一陣子，竟然在今天現身，藏匿在旁的碗盤空空如也。我想上樓拿罐頭又怕牠跑掉，也顧慮到懷中的底片盒，於是拜託學姐幫忙。她帶著礦泉水跟罐頭下樓，可能是安置好包包跟底片盒，看起來比較放鬆。一聽到金屬開啟的聲音，小貓就忍不住躁動，罐子還沒放好就開始狼吞虎嚥。

「牠叫什麼名字？」學姐問。

「我不知道欸。」

學姐也蹲了下來，接近小貓的身邊，小貓不以為意，專心快速地吃食。一路吃到罐底朝天，牠表示感激地翻了個滾，我摸摸牠。

「外面好冷，帶你回家好不好？」我低聲跟貓說。

「妳想養貓嗎？」

「想啊。」

「那為什麼不養？」學姐問。貓繞著我們來回磨蹭。

「我不在家的時候，貓會寂寞吧，會不會留在外面比較好玩。」

「唉，果然是妳會說的話。」學姐望著貓，「牠好瘦。」

「感覺比之前還瘦，不知道之前跑去哪裡。」

「而且好冷噢！」

「還是帶回家養好了。」我站起來。

「妳要去哪裡？」

「幫我看著，我去找個盒子來裝。」

「不用吧。」學姐說，她拿下圍巾，輕巧地將小貓裹住，小貓順從地被學姐抱著，我們小心地爬樓梯，惟恐小貓中途脫逃。我用浴巾幫小貓做窩，小貓又吃了一些罐頭，喝了一點點水，在房間裡好奇地繞了幾圈。可能是流浪得太累，小貓還沒完全爬上浴巾就睡著了。

/44

是從什麼時候開始，ＫＴＶ排行榜的歌妳開始不會唱了？

學姐搭乘除夕當天的飛機回美國，她和家人提前一天吃了年夜飯，更前幾天，她預約好了國際搬家，簽下臺北公寓的一年租約。我則準備去高雄陪媽媽過年，搭乘深夜客運，帶上很久沒有使用的 iPod，我將音樂調到剛好可以隔絕世界的強度。裡面的每個歌單，都陌生得不合時宜。過年期間，小莫的黑色底片盒先交給我保管，盒子非常輕，輕輕搖晃起來，有一種霧的聲音。

「妳覺得這裡有沒有21克？」學姐說。

那其實不是一個問句。我先將底片盒放在桌上，覺得不太對勁，放在書架，也不適合，試著放進衣櫃的柔軟衣物之間，荒謬地覺得小莫應該不想再待在櫃子裡了。也貪圖窗臺的風景，放上去一陣子，怕盒子掉落，最後還是放回書桌。用幾本我喜歡的小說圍住盒子，以想像中的力量為它做出一個結界。

幾乎察覺不到的21克重量，在氣勢上占領住整個空間。我陪著學姐看過十幾間房子，房型從兩房到三房皆有，她不想住套房，鎖定有陽臺和客廳的舊公寓，我想起她們大學時期租住的房子，她們曾經為我留著一個房間。最後學姐決定落腳於和平東路巷弄，有著良好採光的四樓，橢圓形的前陽臺，兩房兩廳，還有一間儲藏室。

除夕中午，我去跟房東拿鑰匙，隨手做了簡單的打掃，在室內放置驅蟲的水煙，一放下就得往外跑。下樓之後我抬頭看，窗內白茫茫的一片。手邊一時找不到紙片，我將地址記在手背，學姐的新家地點如同保護咒，黏著在皮膚上，跟著我過了漫長的一天。

吃完年夜飯，我又在外婆家多住了一天，媽媽擋掉親戚們對於我感情與工作的好奇，不怕尷尬地打斷一些粗魯的問題，直到保守的大家族放棄逼婚為止。趁著阿姨去拿水果，電視的賀歲節目吸引大家注意力，她靠過來，小聲問我有沒有在「交朋友」。母親真是地表上最強大的生物，當世界對妳沒來由殘酷的時候，她仍舊能溫柔對妳；有時候也必須要有殘酷的存在，才能激發出溫柔。

大年初二，以餵貓為名，我抽身返回租屋處。晚間整理行李，我才發現包包裡被偷塞進媽媽的紅包，比我給出的金額多出兩倍，還有特地求來的護身符。沒有名字的小貓在我腳邊磨蹭，露出肚子擋在路中間，我開了一款新的罐頭，為小貓加菜。夜晚的最後，我為自己泡了一杯茶，另外泡了一杯，放在書與底片盒旁邊。距離午夜還有一點時間，我試算著她離開的時數，我想像學姐的漫長飛行，飛機經過海洋，經過陸地，在雲層之間飛行，然後緩緩降落，我好奇那裡空氣迎面而來的觸感如何？會不會下雨？她說到家就會打給我。我說，好。

我試圖讓自己累一些，能夠更接近睡眠一點，我告訴自己，只要再經歷幾次的睡眠，學姐就會搭上另一班返回的班機，繼續待在這個城市。妳從來都不是孤單的。

/45

在我重新整理書籍的同時，學姐正在決定該留下哪些。依照作者國籍與類型，我的書架在年假期間長出新的秩序；學姐則交付感覺，她拿起每本書，迅速作出判斷。能夠帶回來的只是少數，有上千本書被她留在他方。那些曾經被她或小莫的指腹翻閱過的書頁，命運就在觸摸的瞬間被決定了。

我數算著學姐可能的歸期，趁著假期整理房間。習慣有人陪伴的日子，就像戳破安靜的泡沫，無法黏貼縫補，一時回不去往常的模式。為了有點聲音，我打開電腦，整日連播影片，首選是《家有囍事》，當然要是一九九二年版本的，加上大量的、已經看過無數次的香港電影，情節都已爛熟在心，而港片裡的人物比現實的親感更有親切感，這才足以勾起我的年節感歎。常騷在下個投胎轉世裡變成歐陽鋒，或者黃藥師，或者是懷疑自己是gay的音樂人家明；常歡在下個輪迴裡，轉成唐伯虎，孫悟空，韋小寶。有時候《東邪西毒》，有時候《東成西就》甚至《大話西遊》，太多生生世世我偶爾弄不清楚劇情，在影片都停止後，記得的常常只是大漠風沙裡的紫霞仙子。

年假結束，照常上班，被按下暫停鍵的城市人潮，又繼續播放。我開始使用臉書，練習送出或是接受交友邀請。出門前我會為小貓留一盞燈，讓牠不至於面對入夜後的滿室黑暗，或許其實，那是為我自己而留的。學姐回來的前一夜，我像隔日要參加大活動的孩子，徹夜無法成眠。我斷續玩著臉書的小遊戲，時間在澆水與偷菜裡經過。天快要亮了，我點進遊戲排行榜，阿青與6號的臉書帳號剛好排名成先後，在那個瞬間，她們又走回了一起。

/46

學姐的飛機在傍晚抵達，我想要請假，但下午有個不能錯過的提案。會議拖得過長，結束後我拿出手機，沒有未接來電，沒有訊息。我和同事吃過簡單的晚餐，回家餵貓，底片盒前天被貓撥倒過一次，我在小店買了玻璃罩，把底片盒罩住。

只有一個就太孤單了。我又放進動物模型，之前撿拾的小松果，用指尖輕敲，整個玻璃宇宙都一併發著悶響。接近午夜，我的手機響了。

「可以幫我開門嗎？」學姐說。

「等我一下。」

「當然好。」

我住的套房沒有電鈴，無法遠端開啟一樓的大門，只能小跑步下樓。學姐背著大背包，笑著，眼睛裡是躲不掉的憂鬱。

「我一回來就去買家具，他們說今天沒辦法送到，可以收留我一個晚上嗎？」

「嗯。」我說。

我們慢慢爬著樓梯，可能是因為明暗度，可能是因為學姐的步伐，我突然想起通往活動中心頂樓的那段階梯，好像長久以來，我也只不過是在同樣的道路上來回前進。打開門的時候，小貓已經等在門口迎接，小貓並不怕生，一下子就讓學姐抱在懷裡。

「牠叫什麼名字？」

「還沒有取。」

「那妳都怎麼叫牠？」學姐問。

「都只有我跟牠，不用叫，牠知道的。」

「聽起來好寂寞噢。」她說。我沒有回答，試圖從櫃子裡找出枕頭跟另外一套被子。

「妳不用忙，我有準備。」學姐從大背包裡拿出圓筒登山睡袋，「小露營燈感覺很好，我不小心就買了。比想象中亮噢，妳看看。」

她把小小的燈放在我掌心。我關上房裡的電燈，打開小燈，手上的光源立刻裝滿空間。

「感覺好像在露營。」學姐笑說。

有點手忙腳亂，我迅速整理房間，找出一塊可以鋪睡袋的地面，因為格局的關係，不可能放在浴室外頭，也不可能放在門口，於是睡袋只能擺放在單人床旁。長途飛行過後的她應該非常疲憊，仍舊強撐著跟我說話，她討了一杯水喝，仰頭咕嚕咕嚕喝掉大半。

我們向彼此道晚安，她鑽進睡袋，發出窸窸窣窣的聲響，像是準備冬眠的小動物，幾乎同時，小貓踩踏我的身體，在棉被上找出一個舒適的位置，小貓將尾巴收好，捲成小小的一團。而在那同時，學姐已經睡著了。

我幫小貓取名「滅火器」，流浪時牠總在公寓一樓的滅火器周遭徘徊，名字拗口，叫了一陣子就變成「小器」。小橘子貓小器，感覺像是一個小小的容器，協助憂傷的人類裝載一點點的悲哀，也只需要一點點愉快，摸摸或者罐罐，小器就可以有滿溢的快樂。

天氣好的時候小器趴在書桌上午睡，太陽斜斜曬進來，不遠處有以底片盒為核心的玻璃宇宙，生命與死亡，就是一個指尖的距離。學姐獨居在那間兩房兩廳一儲藏室的四樓公寓，從早到晚收著一件又一件的貨品，床鋪抵達的那天，洗過的被單還來不及乾，她打開睡袋睡在嶄新的彈簧床上。

另一件嶄新的米色沙發抵達了，茶几抵達了，地毯抵達了，接著是飄洋過海的部分。幾年的歲月只篩成十幾大箱貨品，餘下不到一百本的書籍，至少有一半的物品屬於小莫，未拆開的箱子，在學姐的家中成為一道堅實的牆。下班後我會帶一些食物過去，可能是她這天唯一好好吃的一餐，在她困坐牆內的焦慮中，我能做的只是遞進一杯熱茶。她排除困難，把用慣的木頭餐桌也帶回來了，大約可以容納六至八個人的大桌子，從熟悉的用品中，她漸漸建立起新的生活模式，開始接一點簡單的案子，重拾翻譯工作。

木桌上有兩個深深的白印子，熱度造成的，學姐會把早晨的熱咖啡放上其中一個白印，像是記號一樣，似乎每張桌子本來就該有這樣的放置指示。桌上有用燕尾夾夾好的原稿，鉛筆，英漢辭典，各種參考書。桌子對面有另一抹白印子，空置在彼岸，成為一個無法填上的缺口。

紙箱拆除工程緩慢進行，學姐的家也漸漸就定位，學姐在客廳旁的餐桌上工作，我不過問那個空出來的房間。有個晚上我站在學姐家的前陽臺抽菸，沒注意到裡頭細微的打字聲已經停了，在她靠近之前，我常常先意識到的是她身上的香味。

「夏天快到了吧。」學姐說，「要不要回學校看看？」

「我也想問妳一樣的事。」我答。

天空深濃，隱隱可以看到雲層後的月光，如果在寬廣的草地上等待，是不是能夠看得見星星呢？

/48

我聽見某種精緻之物碎裂的聲響。

貓咪原本窩在我的脖子旁邊打呼嚕，我從床上坐了起來，貓咪醒過來，伸了一個長長的懶腰。窗簾的邊緣已經透著光線，我將窗廉一口氣拉開，房間裡沒有異狀，我下意識望向底片盒，底片盒還在原來的位置。玻璃罩已經失去形狀，碎成細緻的顆粒。

我伸手碰觸，它並不扎人。我把碎玻璃收拾好，再用沾溼的衛生紙仔細擦過附近的平面，腦海裡反覆播放的是那個聲響，非常輕盈。就是那天，學姐跟我約好要回我們的高中走一趟。確認底片盒是封緊的，我把它放進背包的夾層，走向與學姐碰面的路口，學姐已經到了，隔著馬路，她用力向我揮手。我們買了咖啡跟早餐，坐上計程車。

假日的學校保持某種開放度，警衛抬頭看了我們一眼，尚未過度炎熱的夏天，大概是氣溫，我想起了過往的無數個早晨，我想起那個跨坐在校門口的高一早晨，我甚至能夠完整憶起當日的場景，學姐環抱排球抬頭跟我說話的姿態。我記得走過林蔭下的溫度改變，記得用竹掃帚用力掃過成堆落葉的手感，記得白球鞋踩在落葉上的聲音。接著我想起早晨的聲響，那不是碎裂，更像是有人踩著透明的玻璃渣，慢慢地走遠了。

拐過彎，還沒有看到球場，就能聽到規律的擊球聲，學校內的建築已經改變，高一的教室被拆掉了，圖書館也不在了，幸好，還有司令臺跟草地。也許有一天，我們還能夠在此集合，響亮地喊聲：「中央伍為準。」

我們穿過那些年輕的影子，帶著咖啡跟早餐走到頂樓，打開安全門，風景還是當年的風景，只是空地上的盆栽變得茂密了。拍拍積塵的褪色課桌椅，我沒有說話，慢慢吃著三明治，不遠的盆栽上，有一隻白色的蝴蝶在盤旋。

「早上家裡也有蝴蝶。」學姐說，「我今天起得很早，想要先做一點翻譯，走到客廳就看到一隻白色的蝴蝶。以為是門窗沒關好，還四處檢查了一下，但是沒有。我沒管牠，就在餐桌工作。翻了幾段之後，我想到蝴蝶，抬頭看，發現蝴蝶停在小莫的杯子上。牠停留了一陣子，我去拿相機想拍下來，一回來蝴蝶就不見了，出門前都沒找到。」

「跟盆栽上這隻像不像？」我問。

「也是白色的，邊緣有黑色的紋路。」

「所以是穿著白衣黑裙的蝴蝶。」

「妳是一隻很有品味的蝴蝶。」學姐對蝴蝶說。

倚著頂樓的矮牆看向操場，學姐指著草地。

「我本來是想把小莫帶回這裡的。」學姐說，「我和小莫，小莫和妳，妳和我，我們，在這裡有過一些很好的回憶。但是，不是只在這裡對吧，把她一個人留在這裡，實在太寂寞了。」

我點點頭。

「計劃失敗了，該怎麼辦呢？」

我回頭想找那隻白蝴蝶，但是已經消失了，我想起蝴蝶曾經停留的地方，想起學姐租屋處的小陽臺。

「妳覺得，對於貓咪來說，什麼是家？」我問。

「妳是說小器嗎？」

「是。」

「有妳在的地方，就是牠的家。」學姐答。

「只要有妳在，就是家，小莫就不會寂寞了。」我說。

/49

那年夏天，我參加了兩場婚禮。等到抵達特定年紀妳就理解，第一張紅帖子只是開始，之後會接二連三地來，好像站上一個長長的傳輸帶，即使妳想站定不動，未來還是一直一直來。

學姐想要採買盆栽佈置陽臺，約我週末去逛花市，途中我接到小旻的電話，我沒有她的新手機號碼，以為是工作電話。穿梭在假日的人潮中，我摀著話筒想聽清楚她說的話，在簡短寒暄跟交換近況後，小旻說她要結婚了。

我不確定我是不是停頓了過長的時間，或者周圍的嘈雜可以蓋過這些空白，然後我回答：「恭喜。」帶點焦躁，語速極快，小旻開始解釋她跟未來丈夫的交往過程，以及為何下這個決定，然後著急地補充說，她沒有懷孕。

「我猶豫很久才打這個電話，真的希望妳也能來。」

「嗯。」我說。

「我知道這個要求有點過分，但如果妳不能來，我會覺得很難過，沒有妳們，我的高中生活什麼都不是。」

我揮手示意，要學姐先繼續逛，自己走向外頭，找一個比較安靜的角落。

「聽到這個消息我很為妳高興。」

「對不起。」小旻說。

「對不起什麼？」

「以前的事。」

「我也是。」我說，「我才要跟妳說對不起。」

「我的婚禮，妳會來嗎？」
「當然。」
「那，妳會帶學姐來嗎？」
「什麼意思？」
小旻停頓了幾秒，說，「聽說妳們在一起。」
「我們沒有在一起。」
「噢。」她說，「那我再自己問她。」
「真的恭喜妳！」
「再說下去我就要哭了。」
「妳記得妳高中的新年新希望嗎？」
「妳是說『我要當異性戀』那個嗎？」
「對。」
「妳怎麼還記得。」
「很難忘記吧。」

我們沉默，卻都不想掛電話。

「欸，但是願望沒有成真。」

「怎麼說？」我問。

「不管怎樣，我還是個雙性戀。」

「原來如此。」

「嗯，這樣的話，妳還會跟我當朋友嗎？」

「這跟性向沒有關係吧。」

回到花市，學姐已經選定幾小盆香草植物，我只認得出薄荷和迷迭香。

「妳覺得桂花好不好？可以養得久。」學姐問。

「桂花好。」我答。

我們將盆栽搬上計程車，空間裡充滿好聞的味道。學姐提著一袋小盆栽開門，

我跟在後面，小心抱著略微擋住視線的桂花。陽臺早在這幾天整理完畢，學姐將盆

栽一一安置妥當，給桂花挑了一個陽光良好的位置。

她進廚房沖了一大壺咖啡，給自己跟我都倒了一杯，另外倒上一杯，放在餐桌另一端的白印子，杯底的形狀和印痕完美嵌合。我們慢慢喝著咖啡，她用音響放出音樂，第一首歌結束了，接著是第二首，〈老夏天〉。最後一個音符結束，學姐站起來，讓它再播放一次，然後，又一次。

「妳覺得妳好了嗎？」學姐問我。

「可能沒有辦法完全好起來。」

「我也是。」

「不變好也沒關係吧。」

「看妳拿著盆栽走上來，我覺得懂了，《LEON》裡的殺手要一直帶著盆栽的事。人就是會有一些放不下的東西，這樣也蠻好的。」

「妳的盆栽看起來比他的重很多。」我說。

「妳會幫我拿吧。」

「如果要逃亡，我還要抱貓欸。」

學姐笑了出來，她不再重複，讓音樂繼續往下播。從書櫃拿下那個黑色底片盒。撥開一些桂花盆栽的土，學姐將21克的白色粉末鋪灑其上，我們分工，以土均勻掩蓋。

後來的週末，我跟學姐去參加小旻的婚禮，桌上的牌子寫「高中同學」，阿青和6號各自帶著女友，儘管如此，可以容納十二人的桌子，就只坐了我們六人。播放的婚禮投影片，高中生活照占了比其他時期更多版面。散場的時候跟新郎新娘合照，小旻特別要求攝影師多拍幾張，哭到妝都糊成一團，她丟下手足無措的新郎，一路送客到電梯口，幾乎把整籃喜糖都倒進我們的口袋。

/50
/

房間租約即將到期，想給小貓一個更大的空間，我開始積極尋找新的住所。連日的馬拉松看房行程後，我在電話裡跟學姐討論某幾間房子的優劣，不是太小，就是太貴，陷入困難的決定。

「妳就沒有想過，我這邊有一間空房間。」學姐說。

我記得她從美國搬回來的那些箱子，還有她困坐其中的樣子，每次去學姐家，我都待在客廳，從沒有見過房間內部，即使如此，我下意識覺得那裡擺滿小莫的物件。

「我以為那是小莫的房間。」

「那是空的房間。」她說，「如果妳有一天決定要來。」
「我有養貓，怕會弄壞妳的東西。」
「不怕。」她說。

已經計劃了好幾個月，阿青與女友決定舉行一場私人婚禮，是的，沒有法律效力，那依舊是一場美好的婚禮。她們包了一艘船遊河，只邀請親近的朋友，小小的船艙空間塞進了五十人，嚴格說來是四十九人，阿青為小莫保留了一個座位，就在我跟學姐的身邊。我陪阿青去訂做成套西裝的時候，自己也做了一件外套。搭配白襯衫，打上阿青指定的彩虹領結，當天由我擔任花童的角色，為她們保管及遞送戒指。三層蛋糕上面的擺飾是新娘與新娘，不是兩個穿著婚紗的人偶，而是燕尾服搭配白婚紗，阿青特別找人訂做一個穿著燕尾服的踢，她對此非常得意。

夏天的白日綿長，彷彿無盡。船行至海口，她們在夕陽之前交換戒指，自行製作的結婚證書上，在場的親友們一一慎重地簽名見證。至於第一個在證書簽下名字的，是阿青的母親，她父親到了最後一刻，仍舊拒絕出席，不過沒關係，阿青準備過幾個月再辦一場，目標是發帖子給家族內的所有親戚。

大概是酒喝得太快，我有點頭暈，離開船艙內的吧臺，上甲板吹風。靠著欄杆，不知道過了多久，學姐走到我身邊。

「原來妳在這裡。」她說。

「我今天覺得很幸福。」

「我也是。」

「但是這樣想的時候，突然覺得有種罪惡感，我真的可以獲得幸福嗎？」我說。

「是妳的話，一定沒問題的。」

風夾雜著海洋的味道，迎面而來的觸感溫暖濕潤，視線內是廣袤的黑暗海面。

「我們可以在一起嗎？」我說。

「我以為妳永遠不會問了。」

船在海上行駛了一大圈，深夜才返航，我們陪著阿青在碼頭送客。等到搭上回家的計程車，學姐立刻靠著我的肩膀睡著了，她家附近的巷弄是複雜的單行道，司機對那區不熟，繞了很久的路。偶爾是這樣的，需要繞上一大圈，看透各種風景，才能交換面前的一小步。那年夏天結束之前，我將行李打包完成，約好搬家公司，學姐說要來幫忙，但我希望她待在家就好。

「按電鈴有人應門是一件幸福的事。」我這樣說服她。

在陽光照射下，公寓門口的白色對講機閃閃發亮，雖然猜想她在樓上早就聽到貨運卡車的聲響，我還是按下電鈴。

「請問找哪位？」

「學姐，是我。」

一樓大門應聲開啟，我背著裝著小貓的背包上樓，小心踩著一格格階梯，生怕踩空任何一步。抵達時我抬頭，大門敞開，學姐倚靠門框看著我。

「妳回來了。」她以安靜的聲音說。
「我回來了。」我回答。

後記——時間的拓印

敲下小說第一個字的那年，我二十六歲，剛從廣告公司離職，一邊讀戲劇研究所，一邊努力成為獨立接案的文字工作者。住在圖書館附近的分租房間，養著一隻安靜的圓臉短腿小黑貓，名字是奇奇，來自《魔女宅急便》，是我的第一隻貓。

小說比想像中寫了還久，最後耗時四年多才完成。這篇後記與第一個字已經間隔十年，沒想到十年之後，仍有回望並且記錄的機會。寫作的那幾年剛好面臨人生的重大低潮，走進過一些全然黑暗的房間，曾經以為走不出來。《向光植物》的意思是，植物會向著光生長，無論如何拗折都不會改變。在泥淖中寫著心向光明的小說，每一個字都像是踏出一步，是我心靈的復健。

出版後收到眾多讀者來信與回饋，出書後的活動邀約如同接力賽，一棒接一棒，幾乎環島一圈。每場活動結束後，必定有幾個等候在旁的讀者，上前來說他們的故事，信件跟訊息也是連綿不絕，我以樹洞的心情聆聽。那大概集中在二〇一六年與二〇一七年，也是臺灣努力推動婚姻平權的階段，我連帶上過許多次街頭，淋過許多場雨。

在這樣的時代，身為寫作者非常容易分心。或者不該責備時代，是我個人的問題，能生在這個時代，也許是一種運氣。

不全然是硬碰硬的，中間做過一些好玩的事，例如股東大會的萬本見面會，或是寄書到有需要的女校（後來擴大範圍至男女合校）。有些人跟我說，希望高中就讀過這本書，也有些人說，她們在高中時讀了這本書。曹麗娟老師在當年的對談提過「禮物」的概念，過了這幾年，我可以大膽地說，這個預言成真了。不全然是給讀者的禮物，也是給我的禮物。在寫作的路途上不斷嘗試岔路，不斷開啟新視窗，卻還能持續收到讀者的回饋，作為寫字的人，我覺得非常、非常的幸福。

最後想補充，二〇一六年的扉頁句子如下：「致我愛過的，還有愛過我的。致葉青。」

我至今仍記得敲打那句話的凌晨，也記得長久凝視深淵的心情。過去是一道影子，黑暗中它與你融為一體，有光處才能辨識。新的版本換上另一個句子，是當初後記寫下的，像是一個遞出的接力棒。我仍想留住最初那句話，就把它包裹在這裡。

附錄

靜待回覆的摩斯密碼——曹麗娟、李屏瑤對談（二〇一六年）

——創作狀態中的自我

曹：妳寫這本書也好幾年了。

李：我後來回頭去看，開始寫的時候是二〇一一年三月，寫了四年多，大約是到二〇一五年的九月十月才完稿。

曹：算算快五年。

李：我在 OKAPI 工作是二〇一一年六月，也就是在寫這本書之後才開始採訪工作。

曹：哦！是這樣呀，那妳當時的工作？

李：那時候好像還在廣告公司。

曹：做廣告很忙吧？

李：我不知道老師一邊工作一邊寫書的狀態是什麼，但就我來說，工作很忙，可是做的都是別人的事情，好像一整天的時間都賣給了別人，下班後若是不記點什麼東西，人生彷彿都枉費了。

曹：我有幾個學生是網路記者，被要求的供稿量非常大，前陣子我從他們的作品看到一些被工作磨耗的痕跡，所以我跟他們分享了經驗。

我大學畢業後當了很久的編輯，後來其實很焦慮。〈童女之舞〉完成時我三十一歲。雖然當出版社編輯時，很幸運都是做自己喜歡的書籍，也沒有像報社那樣緊迫的截稿壓力。但無論如何，那其實是文字服務業，滿足業者跟產品的各種需求，前端還有你想要對得起的讀者。而文字工作相較於其他服務，是很消耗的，因為要有溫度要有情感有邏輯，那個啟動跟創作相去不遠，而且可能更艱難，因為不能真的主宰。

李：嗯。

曹：工作到三十歲時，我感到很疲倦，回家後一定要寫點什麼，但那只是一種，就像吃飯喝水曬太陽基本的需求，維持勉強活下去的狀態而已。一定會有寫的慾望。這過程有點辛苦，白天的工作是文字服務業，晚上的創作意識完全切割，你想服務自己，但是天哪，你覺得所有的好能量都在白天用掉了。只能瑣碎重整、前進。

李：我現在三十一歲，其實也跟老師發表〈童女之舞〉的時候年紀是一樣的。那時候有意識地是想要書寫十六歲到二十六歲這段期間，也就是從二十六歲這個點回頭看這十年，可是我沒想到會拖到三十一歲才寫完，感覺就像在做一次大整理，像把兒時的房間一口氣清空。

——禮物或時空膠囊

曹：最近才與朋友聊到美國文化評論家路易士．海德（Lewis Hyde）《禮物的美學》這本書，這概念我覺得很溫暖，創作者常常被認為有一種天賦（gift），他創作了作品，這個作品是一個gift，給予讀者，讀者收到後，又長出屬於自己的什麼，而可以再給予他情感上的誰。所以這是種禮物的流通。

我以前可能不會這麼說，我在妳這個年紀寫下〈童女之舞〉時，不會說祝福這種話，那是一九九一年，艱難的年代，輕盈的祝福是贗品，發表〈童女之舞〉之後三年的一九九四年有北一女學生相偕自殺，出版《童女之舞》隔年，二〇〇〇年，有玫瑰少年葉永鋕死亡事件……但我現在覺得這個世代很需要祝福，所以往回看我會覺得〈童女之舞〉是個祝福的流動，是很美好的。

看妳的小說，我有一種收到禮物的感覺，在閱讀的過程，屬於十六歲的小心靈還是會被觸動。生命裡那個年紀那段時光，每個人應該都會收在一個特殊的盒子裡，它也彌補了在〈童女之舞〉中，我比較沒有著力的高中生活細節。

李：也因為覺得再不寫下來會忘記。我一直是以一個銳角對著社會，但若不趕快，這個銳角就要被磨鈍了，這個尖尖的角就要變成粉末。所以我有點刻意地想要回想女校生活跟大學時代的細節，寫下來的東西其實很多已經不存在了，不管是人或事或建築等等，早已面目全非，不再是當時的樣子。老師提到了禮物的概念，對我來說，這本書很像是時光膠囊，或是一封沒有寄出的信，年輕的時候沒有留下時光膠囊，現在只好用文字將它記錄下來。《童女之舞》也是我的某個時光膠囊，我後來回去翻我的筆記，發現《童女之舞》應該就是我的啟蒙，那時看到的震動感依然存在。後來又看了很多故事，發現自己的故事和大家的不太一樣，所以想要把它寫下來，接下來就是選擇時光膠囊裡要放下的是什麼了，只是沒想到一放就放了四、五年，可能跟我整理房間一樣，要整理非常非常久。另一方面也很像沒有寄出去的信，我希望一些過去的朋友或已經沒有聯絡的人，讀到書裡提到的一些事件或細節，也許是在某一句話某一段落中，能夠意識到這句話是寫給她的，或是某個被記下來的瞬間，她會知道那是她的事情，有發生過的，以另一種形式保存，不會被其他記憶覆蓋。

曹：所以妳也是在打摩斯密碼給一些人。

李：而且狀態好的時候，我一次可以寫數字編號的一篇，可能會從凌晨兩點寫到五點，隔天的凌晨再看一遍，這麼做很像是在寫信給遠方的筆友，但不知道是寄給誰。文章也貼在網路上，但留言回覆的，可能都是陌生人，就像這樣一直丟瓶中信，密碼沒有人看得懂，但仍舊一直寫下去。

曹：妳說那時候會擔心變成粉末，不是記憶本身，而是看待記憶的眼睛，那個銳角，因為隨著年紀改變，回頭看十六到二十六歲，一定是不太一樣的。而妳擔心，從二十六歲開始回顧關於從十六歲開始的一切，等到了妳三十六歲、四十六歲再看，又會變得不一樣，妳真的是一個很奇怪的小孩耶。

李：（笑）

曹：我在那個年紀的時候沒有想這麼遠，這其實是關於失去的恐懼，失去某一種能力或失去某一種狀態，關於失去的預防。我好奇，妳怎麼會覺得會不一樣、會不見，是被什麼威脅呢？

李：好像是種奇怪的預感，剛好擠在那一年，不過剛開始寫的時候，的確沒有經歷什麼重大的失去，在那個年紀可以經歷的，就只有比方說失戀這種傷害，但剛好我開始寫的那一年，身邊就有一個親近的人離開，所以在當時開始似乎是蠻好的，本來是想對一個遠方的人或對已經不存在的人寫一些東西，但後來好像反而在救自己。尤其在寫後段的某些篇章，對我來說是困難的，就像是情感管理，我要如何用一種節制的情感將那些句子寫出來，就好像是在寫一場哭泣的戲時，不能夠哭著寫，必須將自己控制在一個好的狀態或一個平靜的狀態，我才能夠去寫那些痛苦的篇章。所以寫的時間拖得非常長，我記得有兩篇甚至間隔了一年。

曹：一年？

李：對，後來才慢慢接上，那一年就覺得自己沒有辦法寫東西。

曹：剛剛聽妳提到失去，也許我們是殊途同歸，我在寫〈童女之舞〉的時候，三十而立，就是總結一個階段迎接另個階段，是，好像我要搬家了，我要好好將很多東西收攏、打包，因為我要移動到另一個時空裡，勢必得要處理，至於為什麼要處理而不是搬過去就好，對我來說或許就是一種告別，好好將這些包裹包好，然後當成禮物送出去，是我所能做到的祝福。與妳是類似的，但說法不太一樣。至於你提到寫作時節制的情感，〈童女之舞〉對我的挑戰也是這個，盡可能冷漠控制自己筆下爆出的那些岩漿，這樣的遊戲真是有趣。

——稚嫩幼苗的力量

李：我想到一件事情，我十六、十七歲，也就是高中生的時候，其實過得蠻慘的，在各種認同與求學的階段中掙扎。

曹：好可憐……可是妳們已經離〈童女之舞〉那個年代那麼久了？

李：我覺得那樣的氣氛還是在，沒有差太多，那種在女校裡被壓制的氣氛，校園裡的氛圍是齊頭一起往下壓，當時對於各種代名詞，T啊或其他什麼的都不懂，這些也都還沒有出現。我只記得我在十七歲的時候，可能因為三十而立這句話，我一直覺得三十歲的時候會很好，所以我從很小的時候就在期待自己三十歲的時候會過得很好。

曹：十幾歲的時候就在想三十歲會變好？

李：對啊，就好想要變老，好想變成一個成熟的大人。

曹：就可以有力量？

李：對，就有力量可以扛起事情，做到還未成年所以別人認為妳做不到的事情。所以那時候就好期待三十歲。寫的時候有點像是在對十六歲的自己說一點話吧，像是一本指導手冊，寫道：「好，十五、十六歲現在過得很慘，但妳會好好地長大的，即使妳會受過很多傷。」

曹：所以妳要它是向光植物。

李：植物即使生長得很緩慢，但只要向著光，它就會好好長大，這也像是一種傾向一種趨向，妳沒有辦法去拗，過度拗折它是會斷掉的。

曹：很要命的就是，在我們其實還沒有力量的時候，很多有權威、有力量的大人，相對於青少年那就是大人的力量，有力量的人常常以為自己是光，你向著我就不會錯，這東西是很要命的。

聽妳這樣說，其實我有點傷心，青少年的時候想要趕快成年、趕快三十而立，這樣自己就會有力量了，就不會受苦了，這表示自己認為會在三十歲的時候會擁有大片陽光，會有很多水很多氧氣，也可以更壯，因此期待著那一天。而這個力量還是跟年紀有關係，這是令人傷心的。

期待如果有一天我們可以看到一個十六歲的小孩，就覺得自己很有力量，並不會特別期待二十、三十歲，覺得自己現在已經很棒了，同時也沒有其他奇怪的人自以為是陽光，要這十六歲的孩子向著自己，如果這樣，真的很棒。

向光植物

向光植物 / 李屏瑤著 . -- 初版 . -- 臺北市 :
時報文化出版企業股份有限公司, 2022.07
面； 公分
ISBN 978-626-335-697-9(平裝)
863.57 111010675

作者 李屏瑤
執行主編 羅珊珊
校對 李屏瑤、羅珊珊
美術設計 朱疋

總編輯 龔橞甄
董事長 趙政岷
出版者 時報文化出版企業股份有限公司
108019 臺北市和平西路 3 段 240 號 4 樓
發行專線 —（02）2306-6842
讀者服務專線 — 0800-231-705・（02）2304-7103
讀者服務傳真 —（02）2304-6858
郵撥 — 19344724 時報文化出版公司
信箱 — 10899 臺北華江橋郵局第 99 信箱

時報悅讀網 http://www.readingtimes.com.tw
思潮線臉書 https://www.facebook.com/trendage/
時報出版愛讀者 http://www.facebook.com/readingtimes.fans

法律顧問 理律法律事務所 陳長文律師、李念祖律師
印刷 勁達印刷有限公司
初版一刷 二〇二二年七月二十二日
初版二刷 二〇二四年五月三十一日
定價 新臺幣四〇〇元

時報文化出版公司成立於一九七五年，
一九九九年股票上櫃公開發行，二〇〇八年脫離中時集團非屬旺中，
以「尊重智慧與創意的文化事業」為信念。